餘波。末了

REMEMBER
CAFE

王森 著

推薦序

駱以軍

我是在臺北一家叫YABOO鴉埠的咖啡屋認識王森的。

那是一家在綠樹密覆小弄裡的咖啡屋，店主是一對可愛標緻的姊妹，我因為抽菸，總在它小院的一張小桌寫稿。我在這裡寫了許多稿子，有兩隻店貓，一隻叫虎面，一隻叫豹頭，牠們時不時跳上我的桌子，喝水杯裡的水。店裡的工讀生都是些年輕怪咖，他們在客人少時，會跑到這小院抽菸，打打鬧鬧，說些屁話。這些怪咖們臥虎藏龍，有拍電影的，這個拍電影的年輕導演，有次和我聊臺灣六〇年代女性壓抑的情慾，他們好像要拍個那樣時空背景的電視劇，當時我建議他去看瓊瑤的《窗外》；有兩個合作開一間設計公司，其中一個跑來跟我哈啦，說他是洪秀全的後代，他們家家譜真的有記載，應是當年被李鴻章剿滅後，離散逃亡來臺灣；另一個則跟我說些他父親在南部開神壇的故事；另有一個看去很像手塚治蟲的怪人，我看過幾次他在讀杜斯妥也夫斯基的《白癡》，還有卡夫卡的《城堡》。

這間咖啡屋很像我的「看不見的城市」，它既是臺北的縮影又不是真正的臺北。他有種頹廢，有種收容各路流浪漢不驚不怪的自由；一種「未來文明芻議」的發想之地；有點像旋轉中的魔方，許多個「另一個」並置、重疊、跳動的場所。我在這裡遇過張懸，遇過舒國治，遇過許多電影導演、音樂人、作家，我在那寫稿的時候，一旁那店主姊妹的妹妹再用機器烘咖啡，空氣中全是那焦苦的香味。

我是在某個下午，在這YABOO咖啡屋的小院，和王森聊起來。很奇妙的，我們聊得非常契合，我知道他在大陸推廣開咖啡屋，他也支持一些年輕人開咖啡屋，我們可能都有一些對這文明未來的擔憂或牢騷，且各自有一定人生閱歷，對人世的複雜百感交集，可以談論某些結構背後的暗影，且說起那荒謬難解之處，會悲傷的笑。很奇妙的是，我相信小說，而他相信咖啡屋，我們相信我們在認真實現的，至少都可以一小刻度的給予這文明甚麼：情感的想像力，人對他人空間的尊重和自由，對異端的包容，對精緻的不休止追求，還有，昆德拉說的，笑的能力。、

這次，王森寫了本談王小波的書，我非常驚喜，說來我也是個王小波迷啊。時空的錯置，當年我在讀王小波的《黃金時代》，《白銀時代》，《青銅時代》，驚為天書，但也

缺乏背景脈絡的理解，只知道他是個早逝的天才。已經許多年了，我記得《黃金時代》裡，那被集體排除尊嚴，人間失格的兩人，男主角還提議女主角「我們來敦一敦我們偉大的友誼」，我覺得那是我讀過的小說，昆德拉《玩笑》的呂德維克之外，最倒楣、最灰敗的男主人公。但王小波給予我一個中文書寫活蹦亂跳，毛羽賁張，想像力無比自由無遠弗屆的啟發。我是在對大陸小說之語境，缺乏足夠理解的狀況下，讀了王小波這些調戲、憂鬱、自遊魂被剝解之冷酷喜劇、狂想的文字。時日久遠，這個陰鬱的印象，成了我這些年，較多跑大陸，多認識些大陸哥們，一種後設的、抓不住那不可思議存在情境的比對幻燈片。那是一種非常複雜的笑，不那麼西方戲劇的笑，一種穿過《儒林外史》，《紅樓夢》，在那艱難之境找一絲絲浪漫小苗的，疊加層層領會的笑。就像你讀了波拉尼奧《荒野追尋》便瞭墨西哥人，讀《卡拉馬助夫兄弟》就懂俄羅斯人，王小波是一個在紙面上的中國小說，更浮凸、立體出來的這個民族心靈的某種多維投影。後來我在YOUTUBE上流連忘返的看一些大陸綜藝：《金星秀》、《愛情保衛戰》、《中國好聲音》、《中國達人秀》、郭德剛的相聲、《東北一家人》……，我感覺那是一個王小波預言的世界。一種外邊人看，不理解那結構如何如此錯綜複雜、群體性大於個體小小的密室，而能夠不崩塌的疊加態。作為一個外部的觀察者，沒有置身其中，這樣的情感學習，因為數據太龐大了，無從領會其週期表、排序、以及音階。

這次讀了王森的《餘波未了》，我有一種借用余華的話「溫暖而百感交集」的感觸：王森真的是王小波鐵粉，我真是自嘆不如，但我想像著我和他在咖啡屋秉燭夜談，談我們不同切面體會的王小波。我談我感受的王小波的陰鬱和瘋狂，他談他看到的王小波的清醒和真實。而他對王小波的熱愛，可以比附他對咖啡屋推廣的同一種情感：對這個文明的一種未來學的可能，可以不麻木，不虛無，不冷酷，任何一種陌生的感受都可以有情感的想像力。這本書其實就是王森的「王小波絮語」，一種「知識份子論」的跨時空對話，從獨立性、誠實、經驗、人性的逆轉、網路、電影與愛情、思維的樂趣……，半引半侃，夾議夾敘，他可能是在王小波不在了之後的這二十年，活在這個水波湍流的中國，他是個實踐者，行動者，他當然不是梁文道、許知遠那樣的公知，但你會看到他這樣和我算同代人，苦口婆心，唇乾舌燥的想和年輕人說說，那些不該被遺忘的，那些隱藏在細節中的現代人的價值。他是活在新事物、新氣息的世界裡的人。我讀了這本書更覺得王森是個溫厚的人，木訥的人，如果中國的未來有更多這樣的，從不安、疑惑中，仍願意一點一滴的保存那獨立思考之人，那這個文明會是個美麗的文明。

祝福這本書。

自序 餘波未了

「餘波未了」是這本書的名字，也是我在臺北的咖啡館的名字。這間位於臺北羅斯福路三段一二八巷九號的咖啡館是二〇一五年二月十二日開業的，而「餘波未了」這個名字是二〇一二年就想好的，那一年是小波離世十五周年，當時就想用「餘波未了」作為書名出一本書，和現在的動機一樣。只是書名想好了卻遲遲沒有動筆，一是過去五年裡每個月給參差咖啡夢想學校的學員上課成了我生活的主軸，抽不出整塊的時間，其次是對於寫關於王小波的書這件事，心存敬畏。就這樣一晃竟然五年又快過去了。反倒是以蓄謀的書名「餘波未了」命名的咖啡館先開了。

在臺北開「餘波未了」咖啡館對我來說是一舉兩得。從二〇一二年十月第一次到臺灣旅行，至今四年時間裡我到臺灣近二十次，平均每年五次，每次一至兩周，以至現在臺北的朋友每次跟我道別的時候都已經習慣說，什麼時候回來，而不是什麼時候再來了。之所以頻繁到臺北小住，是這裡的生活氣息正是我喜歡的，倍感舒服的。她有著西方一些城市的文明和秩序，更有西方沒有的，讓我親切和熟悉的人文和氛圍；尤其是華人勤勞的特質而帶來的生活便利在西方城市是不能想像的。準確的說，二〇一三年第二次來臺灣的時候，我就動了心思，要給自己找個藉口常常來。

多年來，我最毫不客氣接受的表揚就是說我行動力強。想到了就馬上行動，在沒有任何臺灣朋友指路的情況下，我直接在臺北Google出兩家會計師事務所，分別上門拜訪之後選擇了一家提出申請。回到武漢通過郵件、快遞提交資料，反覆聯絡，一來二去走了點彎路，花了一年多時間，到二〇一四年下半年才得到當局投審會的批覆。馬上，半年內我三次自由行前往臺北，找鋪面，做設計，尋找施工隊，開始施工，尋找店長和咖啡師，到施工結束，花了不到半年時間。期間，得到了一群熱心的臺北年輕人全方位鼎力　明，至於怎麼認識他們的，泡咖啡館認識的呀，作為一個店小二出身的咖啡館主，這是基本功。至於他們為什麼會熱心出手幫助一個外鄉人，我只想說，這是臺灣的常態。如果非要加一個什麼別的原因，那就是，因為王小波，我早已變成了一個真誠的，無害的好人，這樣的人到哪兒都受歡迎屬於普遍而正常的現象。

二〇一五年春節前十天，我帶著參差咖啡夢想學校的兩位老師一起來到臺北，住在咖啡館裡做了三天最後準備工作，二月十二日正月三十前一周，臺北「餘波未了」正式開業。我把咖啡館的WiFi名字起做「remembercafe」，密碼，20150212。

在「餘波未了」裡面，我特意給自己留了一間臥室，咖啡館就算是我在臺北的家了。這幾天在臺北，咖啡館打烊後就成了我一個人的書房，電腦旁邊有咖啡，書架上有王小波所有的作品和Visa卡，冰箱裡有啤酒，吧檯上有同事準備的水果和點心，廚房裡還有夜宵。身後的小音箱裡放著我喜歡的Lauryn Hill unplugged，淺吟低唱適合寫字，昨天晚上一過凌晨十二點立馬思如泉湧，兩個小時就寫了三四千字。

在臺北有了自己的小窩，有藉口常到臺灣，通過空間挪移就能夠享受到我自認為的理想生活，此其一得也。說是一舉兩得當然是以「餘波未了」命名了這間在臺北的咖啡館。按常理，參差咖啡過去幾年在大陸發展得不錯，知名度不斷提高，順勢在臺灣再開一間參差咖啡豈不是能夠為參差品牌加分增色不少。可是，就想為王小波做點什麼的心願怎麼辦？

要知道，在王小波默默無聞，甚至常常收到帶有侮辱詞彙的退稿信的一九九一年，是臺灣聯合報把聯合報文學獎中篇小說大獎頒給了王小波，小波的《黃金時代》獲獎後在《聯合報》副刊連載，並於一九九二年八月在臺灣出版發行，之後還入選了《亞洲周刊》二十世紀中文小說一百強。兩年後，《黃金時代》才在大陸正式由華夏出版社出版。不想去評價這個獎對當時的小波意義有多麼重大，只需要按常識去判斷，這個大獎和獎金至少堅定了小波寫作可以「維持生活」的信心。感謝許倬雲先生的推薦，更感謝臺灣《聯合報》的慧眼讓小波成了一位牆內開花牆外香的職業作家，其之後的作品得以在大陸陸陸續續順利出版。

而且，一九九二年九月，也就是得獎之後的一個月，小波就正式辭去人民大學的教職，成為自由撰稿人，此時距他去世的近五年間，小波寫作了他一生最重要的作品，我喜歡的諸多文章都在其中。如此，在臺北用「餘波未了」咖啡館來紀念王小波不僅頗有淵源，而且暗藏著我對臺灣這個地方的感激之情。

印象中，小波應該是沒有到過臺灣，如果他還在世，他一定會要來臺灣走走。就讓我假設他在天有靈吧，在臺北有這麼一間叫「餘波未了」，擺滿了他的作品的咖啡館，隨時在等待著，歡迎他的降臨，想到這裡，就覺得很美好！

這就是「餘波未了」出現在臺北而不是武漢或者其他大陸某個城市的原因之二。「餘波未了」咖啡館僅此一家，我也不會像參差咖啡那樣再開第二間了。等將來退休了，我就賴在臺北，守著這間店，向每一個不認識王小波的人介紹：曾經，有這樣一個人，他叫王小波，他是一個有趣的人，而且，他不僅有趣，幾乎可以肯定我是從他開始才對人真正開始有了信心。嗯，我也要給我遇見的每一個人信心。

二〇一六年十二月三十一日於臺北餘波未了

目次

I 推薦序 駱以軍
V 自序 餘波未了
001 第一章 王小波是誰
007 第二章 為什麼是王小波
014 第三章 參差和小波
020 第四章 一隻特立獨行的豬
025 第五章 思維的樂趣
031 第六章 沉默的大多數
035 第七章 我的精神家園
040 第八章 誠實與浮囂
046 第九章 工作・使命・信心
051 第十章 積極的結論
055 第十一章 科學的美好
060 第十二章 人性的逆轉
064 第十三章 從Internet說起

CONTENTS

068 第十四章 關於愛情片
073 第十五章 明星與癲狂
078 第十六章 賣唱的人們
083 第十七章 自然景觀和人文景觀
088 第十八章 關於貧窮
093 第十九章 拒絕恭維
097 第二十章 救世情節與白日夢
101 第二十一章 承認的勇氣
105 第二十二章 個人尊嚴
111 第二十三章 關於崇高
115 第二十四章 我怎樣做青年的思想工作
120 第二十五章 舊片重溫
125 第二十六章 打工經歷
129 第二十七章 人為什麼活著
133 第二十八章 擺脫童稚狀態
138 第二十九章 我厭惡模式化的生活

目次

142 第三十章 對待知識的態度
147 第三十一章 工作和人生
152 第三十二章 小的是美好的
157 第三十三章 扶貧使者李銀河
161 第三十四章 沒問題，就會出問題
169 第三十五章 第三類關係
174 第三十六章 答案在過程中飄蕩
179 第三十七章 二〇一二快點來吧！
183 第三十八章 光陰的故事
188 第三十九章 我的閒言碎語
201 第四十章 王小波語錄精選
226 後記 常識與共識

CHAPTER

01

第一章 王小波是誰

在這樣一個碎片資訊氾濫的時代，一個行色匆匆，左顧右盼，每天棄舊迎新的時代，我們已經習慣了以熱點為談資，每天渴望著熱點的出現，不亦樂乎。上個禮拜發生的事情，主角是誰都不一定想的起來，何況王小波離世一晃已經二十年了。於是，王小波是誰？顯然是一個問題。

當然，互聯網時代出生長大的孩子，這個問題自然難不倒他們，掏出手機一分鐘內搞定，百度百科都不用點開，馬上就有答案，一個作家：王小波（一九五二－一九九七），當代著名學者、作家。出生於北京，先後當過知青、民辦教師、工人，一九七八年考入中國人民大學，一九八四年赴美匹茲堡大學東亞研究中心求學，兩年後……

如果你還有興趣點開，會繼續看到：王小波一九五二年五月十三日出生，一九九七年四月十一日不滿四十五歲就去世了。代表作品有《黃金時代》，《白銀時代》，《青銅時代》，《沉默的大多數》。【人物影響】裡有這樣的陳述：王小波被譽為中國的喬伊絲兼卡夫卡，亦是唯一一位兩次獲得世界華語文學界的重要獎項「臺灣聯合報系文學獎中篇小說大獎」的中國大陸作家。【社會評價】裡有這樣的描述：王小波是中國富有創造性的作家之一，他是中國近半世紀的苦難和荒謬所結晶出來的天才。他的作品對生活中所有的荒謬和苦難做出了最澈底的反諷。他還做了從來沒有人想做和做也沒才力做到的事：他唾棄中國現代文學那種「軟」以及傷感和諂媚的傳統，秉承羅素、卡爾維諾他們的批判、思考的精神，同時把這個傳統和中國古代小說的遊戲精神作了一個創造性的銜接……

這個評價是非常高的，可是，我還是覺得不夠，這正是我本書開篇就想寫「王小波是誰？」的原因！王小波先生的遺孀李銀河女士曾經寫文章說，如果兩個陌生人，甚至一群互相不認識的人，正好都讀過王小波的書，而且喜歡，基本上「王小波」三個字就成了一個接頭暗號。接頭暗號是幹嘛的呢？這兩年中國大陸諜戰片很火，大家耳濡目染自然明白，接頭暗號就是用來識別自己人的。素昧平生怎麼就可以因為一個名字就能認定自己人了呢？到底是怎樣一個人能有這樣的功能呢？

我是在我自己打理的新浪微博「參差咖啡」上面發現的，很多八〇後，九〇後年輕粉絲是從我的《就想開間小小咖啡館》和微博上才第一次知道曾經有這麼一位作家。六年多（我的微博年齡）來我時不時會在微博上發一段王小波語錄，對這位小波先生始終讚賞有加，有些好奇心強的年輕人覺得奇怪，怎麼森哥就只對這位小波先生念念不忘呢？他到底寫過什麼？說過什麼？他的獨到之處到底在哪兒？於是，總會有人在微博上和我互動，希望我推薦一兩本他的書，想看看小波到底說了些什麼，何以影響森哥至深。有些行動力強的乾脆直接去買來了全套王小波文集曬在我的微博評論欄上。

看過了他的書，再結合我的念念不忘，應該大多數人自然就對我的「古怪」行為表示理解了。當然也有不太理解的，會問，你到底覺得王小波好在哪兒？通常我不太會回答這樣的問題，原因很簡單，我沒想把王小波硬塞給誰，我從來都不想把任何東西硬塞給誰。但有時候心情好，想起分享畢竟是件快樂的事情，於是會說，如果沒有及時遇見王小波的書，現在我可能就不是「校長」了，很可能是個流氓，而且是《教父》裡面的那種流氓的可能性很大。當那種流氓通常都出生入死的，所以，如果沒有及時遇見王小波，我已經死球了的可能性很大。

說了半天，即便王小波真是救了我一命，即便我把我現在過得還不錯，活得還像個人的樣子都歸功於王小波（我十分願意而且深感榮幸），我也只能勉強說明，王小波對我個人意義重大。可是，我人微言輕，王小波是誰，僅憑著百度百科的快速流覽和我的信誓旦旦，我覺得還遠遠不夠，我得搬出幾個你們都認識的人來，看看他們怎麼說，王小波是誰？

首先是馮唐。他在文章裡說，他第一次讀到王小波是在廁所便秘的時候，發現的快樂使他差點像阿基米德在澡堂子裡發現了浮力定律光著屁股跑上街一樣，差一點也提了褲子狂奔到街上。馮唐發現了什麼？原來小說可以這樣寫！他稱王小波是現代漢語文學一個「好得不得了的開始」，而所謂「開始」是什麼意思？開始之前是一片荒蕪啊！

再來，高曉松。「說起王小波，我有千言萬語，但是真到了要講他的時候，又不知從何說起。以我有限的閱讀量，王小波在我讀過的白話文作家中絕對排名第一，並且甩開第二名非常遠，他在我心裡是神一樣的存在」。這是高曉松在他的《魚羊野史》裡的一句話。緊接著，「我個人熱愛寫作，熱愛做音樂，也熱愛拍電影。每當看到偉大的作品，我經常捫心自問自己能不能做到那樣。大部分音樂如果努力，我是能做到的。有些電影我做不到，但我能感覺到差距有多大，就是我可能做到一部分，但是不可能拍出一部那麼完整的好電影。但是讀王小波的時候，我完全沒辦法拿自己去做衡量和比較。很多人說他是中國的卡夫卡。我看不懂卡夫卡原版，但從翻譯作品中還是能感覺到卡夫卡頭腦中具有很多突破性的臆想。王小波是可以和卡夫卡媲美的」。

還有誰？劉瑜。「他代表的精神中國很缺乏。他那種舉重若輕的敘事方式影響了整整一代人」。當然，還有王小波的夫人李銀河。「我常常覺得，王小波就像《皇帝的新衣》

裡面那個天真爛漫嘴無遮攔的孩子，他就在那個無比莊重卻又無比滑稽的場合喊了那麼一嗓子，使所有的人都吃了一驚，繼而露出會心的微笑。後來，這批人把這個孩子當成寵兒，並且把他的名字當成了他們互相認出對方的接頭暗號」。

最後，我還想給大家看看王小波自己怎麼說。一九九六年，義大利獨立紀錄片製作人安德列來中國的時候曾採訪過王小波，問他：「選擇當作家這個事情，可能的因素是什麼？」王小波回答說：「維持生活」。這就是我看到的，並視為終身偶像的王小波。不管他的才華是否還懸在空中待人確認，就是這樣一個再樸實不過的正常人，自始至終宣導的東西也並不太難，只是「成為一個理性、有趣味、有自知之明的人」。

都二十年了，我還對他念念不忘，只能說明我覺得這些東西仍然需要被宣導，現實情況是不是更好了很難說。都二十年了，他心目中這樣的正常人並沒有一批批地大量湧現，甚至比例有下降的可能，讓我有點著急。當然，我依然欣賞小波說的：「智慧本身就是好的。有一天我們都會死去，追求智慧的道路還會有人在走著。死掉以後的事我看不到，但在我活著的時候，想到這件事，心裡就很高興」。至少，此刻我自認為一直走在這條路上，有時候會感到有點沮喪，但更多的時候，我知道，我肯定不是一個人。

餘波未了

CHAPTER

02

第二章

為什麼是王小波

從小到大，我的偶像不少。高中時候喜歡海明威、張承志，上課的時候偷偷看張承志的《北方的河》，竟然忘我投入到朗讀出聲來了。大學的時候，我崇拜崔健、羅大佑、約翰列儂、鮑勃狄倫，那時候他們在我眼裡不僅僅是歌者，更是詩人。不知道這算不算是一種幸運，我從高中開始就有點文學青年的意思，至少開始有了看雜書的習慣。

第一次遇見王小波的書，其實，我都快三十了，而且是在碰到了挫折的時候，挫敗感渾身瀰漫。一個人躲在家裡看王小波的書，竟然看得笑出了聲，合上書回味一會兒，接著看又笑出了聲，如此反覆。幸虧那會兒我單身，獨自在家，否則旁邊有人的話，定會以為我病得不輕。我自己知道，出現這種情況太罕見！從閱讀中能夠獲得快樂，還暫時忘記了眼前的煩惱，這種不求人的方式，性價比之高，成本之低，在我過往的人生經歷裡，實屬罕見。於是，我像一個病人無意中覓得良方一樣急不可耐地直奔書店找回了他所有的書，窩在家裡如饑似渴。

感謝不小心養成的看書打發時間的習慣，讓我遇見了王小波。和以往那些被我供起來的偶像不一樣，王小波就像一個看穿我心思的鄰家大哥，一邊講著我愛聽的有趣故事，一邊循循善誘，不留痕跡地把我帶入沉思。人活著就會想事情，但因王小波而引發的沉思怎麼有點不一樣？不一樣在哪兒，當時其實也屢不清楚，反正就是不一樣。

之前看書通常是這樣的，比如看到好的小說，就喜歡幻想將來成為小說家，看著看著就不由自主地滑向了「是否能夠從中學習到什麼寫作技巧」，這樣功利的結果是，欣賞的成分降低了，閱讀的樂趣也打了折扣。這次的情況完全不同，我感覺一直在和王小波對話，腦子轉得飛快，但絲毫不關乎「學習」，學習成為他這樣的作家的想法哪怕是一閃念也沒有。這和他的水準高低，是否遙不可及無關，完全是因為他所引發的沉思竟然關乎我以前不怎麼思考，即便思考也不得其法，往往一掠而過的一些人生命題。諸如，人為什麼活著，人怎麼活著才有意思，人還有沒有什麼可能性……

一個人要麼一直混沌，要麼徹底透徹，介乎兩者之間，時而明白，時而糊塗的狀態是尷尬甚至痛苦的。由王小波的書引起的沉思和以往的「知道主義式的偽思考」不一樣，它引發的是終極思考。說得通俗一點就是，他遞給我了一條線索，讓我找到了一個原點，從這裡出發，我一路尋找，終於搞清楚了我是誰，我來到這個世上可以做點什麼，最終到底想要什麼！

這一始料未及的結果，來得突然，也正是這種突如其來的震撼，讓我願意終其一生把所有的讚美，所有的功勞全部給他。而王小波的偉大更在於，他之於我的啟發也好，感悟也好，他竟然是以「寫作只是維持生活」輕描淡寫地帶過，一點姿態都沒有擺出來。這對一個從小在只有教育與被教育的二元社會裡長大的我來說，用狂喜來形容都不夠，其威力之餘波一直延續至今，餘波未了！

於是，王小波的英年早逝對我來說尤其不能接受，他離世的時候才四十五歲，我甚至因此時常認為我自己超過四十五歲的歲月都是賺到的。當然，小波要是知道我有這種想法肯定不會同意，我也會馬上收回這想法，笑一笑說，這只是我有時候感性的一面。小波是反對個人崇拜的，他有一篇文章叫《明星與癲狂》，把明星崇拜說成是一種顛狂症。我看完後就想，就讓我癲狂吧，癲狂沒了控制才算是有病。我的這點癲狂不僅可控，而且還能夠理性地轉化成一種可持續的力量，這股力量一直在推動我把自己活成我們已經達成共識的那種人。

那就是王小波描述的，「我呀，堅信每一個人看到的世界都不該是眼前的世界。眼前的世界無非是些吃喝拉撒睡，難道這就夠了嗎？」還有，「我看見有人在製造一些污辱人們智慧的粗糙的東西就憤怒，看見人們在鼓吹動物性的狂歡就要發狂」；還有，「我對自

GUATEMALA.
HUNAPU.
WASHED.
Colombia
Washed
SingleOrigin
MEXICO.
WASHED.
Colombia El Tucan
Lactic Process
TerraBella
ETHIOPIA.
GEDEB.
SLOW DRY
SIMPLE
NATURAL.
KAFFA.
未了余波

己的要求很低，我活在世上，無非想要明白些道理，遇見些有趣的事。倘能如我願，我的一生就算成功」。還有，「智慧本身就是好的。有一天我們都會死去，追求智慧的道路還會有人在走著。死掉以後的事我看不到。但在我活著的時候，想到這件事，心裡就很高興」；還有，「世界上有些事就是為了讓你幹了以後後悔而設，所以你不管幹了什麼事，都不要後悔」。還有，「這輩子我幹什麼都可以，就是不能做一個一無所能，就能明辨是非的人」；還有「人活在世界上有兩大義務，一是好好做人，二是不能慣別人的臭毛病」；還有，「對一位知識份子來說，成為思維的精英，比成為道德精英更為重要」；還有，「一個人倘若需要從思想中得到快樂，那麼他的第一個欲望就是學習」；還有，「一個人只有今生今世是不夠的，他還應當有詩意的世界」；還有，「當一切都開始了以後，這世界上再沒有什麼可怕的事了」。

最後這句話的共識尤為重要，在王小波離世十周年的時候，我終於「開始了」我的咖啡生活，開始過我真正要的生活。至今已經十年了，十年間當然遇到了不少事，但的確沒有什麼可怕的事情。因為我從小波那裡知道了，從真正的生活中也驗證了，可怕的事情從來就不存在，可怕的只有乾涸和絕望的內心。

好了，為什麼是王小波？因為我看了那麼多書，經歷了那麼多事，只有他幫我治了本，他幫我重建了一個新的系統，這個系統運行了這麼多年，偶爾也會運轉緩慢甚至死機，但只要重啟一下，它就能夠自我修復，讓我有了自癒的能力。

最後，想多說一句，秉承王小波的精神，我不認為我的標準和喜好可以推己及人，那樣太霸道，小波也不會喜歡。我只想祝大家都能夠儘早遇見自己生命中的王小波。

CHAPTER

03

第三章

參差和小波

寫下這個標題才意識到，二〇一二年出版的《就想開間小小咖啡館》裡有過一篇同名文章，想過那麼一剎那要不要取消這個標題馬上就放棄了。時隔近五年再寫一遍「參差與小波」的不解之緣，我還是樂意的。此刻是在臺北的「餘波未了」咖啡館裡寫，手邊就有《就想開間小小咖啡館》，根本不想拿起來看之前的同名文章寫了些什麼，關於這個話題，我想說的話太多了。

「我贊成羅素先生的一句話：須知參差多態，乃是幸福的本源。大多數的參差多態都是敏於思索的人創造出來的」。這是小波在《沉默的大多數》裡面的一句話。參差咖啡的品牌源自羅素先生的話，但羅素先生的書我之前沒有看過，於是我強行把功勞記在了小波身上，理由我還是有的，因為羅素先生只是陳述了一個我認同的事實，是小波提醒我要敏於思索才能創造出更多的參差多態。而這一標準幾乎是我過去十年的咖啡館生涯的過程指南。

之所以說是過程指南，因為十年前始關於小波的思考讓我對結果這東西有了近乎超然的態度。就像我二〇一四年通過微博給十幾萬粉絲群發新年祝福裡說的「祝大家新的一年，有事做，有人愛，有所期待」一樣，說的都是過程，無關結果。美好的未來潛伏在美好的過程當中，這句話聽起來有點玄乎，但我堅信不疑。說得俗一點，參差是我的品牌，有品牌就是在做生意，和做慈善不同，做生意自然要圖利，說不在乎結果的原因是因為我堅信，參差多態就是我理解的社會需求，只要能夠創造出源源不斷的參差多態，利自然會來，不必在過程中孜孜以求。孜孜以求的應該是如何創造參差多態。

小波說，胡思亂想並不有趣，有趣的是有道理而新奇。以此為標準要求我自己，過去十年，我自得其樂地按我自己的理解讓參差咖啡館裡發生了很多事情。首先是每一間參差咖啡館都不一樣，要參差多態而不要千店一面。於是就有了參差花房咖啡，參差貨櫃咖啡，參差咖啡書屋，參差木屋咖啡，參差書蟲咖啡，參差咖啡院子，參差咖啡招待所，參差咖小啡，參差小院，參差咖啡夢想學校，參差民宿學院，參差夢想小鎮，參差有做聯盟，參差咖啡花園客棧，將來還會有什麼，我現在不知道，但估計肯定還會有些什麼，因為我嘗到了敏於思索的樂趣，甚至也可以說是甜頭。

這十年來，咖啡館在中國的增速驚人，參差算為數不多的有全國知名度的本土咖啡品牌之一，這不是我預期的結果，我只是覺得在以參差為名的咖啡館裡，必須發生足夠多的，不一樣的，有趣的事情。如果不是過程有趣，何以能夠樂此不疲地一做就是十年。要知道，我在開咖啡館之前的職業生涯裡，最長的一份工作都沒有超過三年，而這十年，說得誇張一點，真有點一眨眼的感覺。而且，過去十年裡，我再也沒有問過自己，不做這個還會做什麼，還可以做什麼。

明年，我會把「參差咖啡」的微博名稱改成「參差文化」，不是簡單地想把咖啡提升到文化，只是因為當初註冊公司的時候工商局說，叫「咖啡公司」就不能賣書，而我又想賣咖啡，又想賣書，他們就教我可以叫「參差文化」，所以參差文化就成了公司名稱，而微博變成「參差文化」，骨子裡是覺得以「參差」之名還可以多些其他好玩的事情。明年，我還想把參差咖啡夢想學校改成參差夢想學校，去掉咖啡二字，不是不做咖啡了，而是想把參差滲透到更多好玩的領域，教更多想要過上獨立、自由、簡單生活的青年人開出各種各樣參差多態的獨立小店。比如，我們已經在杭州有了參差民宿學院，就是想幫助更多厭倦了都市生活的人們，到農村去，到鄉野去，開一間屬於自己的小民宿，去實踐和呈現參差多態的生活方式。

是巧合，也是冥冥之中，在小波離世二十周年，參差十周年的時候，參差再次出發，不設定遠大目標，只求不斷地創造更多的參差多態，將參差進行到底。大家看到這本書

PILSNER
N I N E
5.5% ABV

的時候，我和我的同事們應該正在大理的參差夢想小鎮辦「王小波月」，二〇一七年四月十一日至五月十三日。四月十一是小波的祭日，五月十三是小波的生日，所謂的「王小波」一月到底怎麼辦，有些什麼內容，老實說我現在還沒有想好，但是我一點也沒有壓力，我要的是過程，明年沒有辦好，後年繼續，反正我喜歡大理，喜歡做我喜歡做的事情，慢慢來。

十年前，二〇〇七年五月十三日，我特意選擇小波的生日作為第一間參差咖啡開業的日子，心裡想的就是希望小波精神在這間咖啡館裡不死和重生，我自認為想要這個社會越來越可愛，需要很多間咖啡館，需要很多間獨立小店，需要很多人一起去創造源源不竭的參差多態。

最後，小波說過，「不管社會怎樣，個人要為自己的行為負責」。把這句話拿出來結尾，是想說，我現在做的，將來準備繼續做的，都屬於對自己負責的範疇，送上小波的一句話共勉，「我希望自己也是一顆星星，如果我會發光，就不必害怕黑暗。如果我自己是那麼美好，那麼一切恐懼就可以煙消雲散」。多麼美好的想法，它足夠支撐我用餘生只做自己覺得有趣，有意義的事情。

CHAPTER

04

第四章

一隻特立獨行的豬

最近五年，我做了很多件黑色T恤，背後印了一組白色的字：「一隻特立獨行的豬」，應該已經超過兩千件了。我自己穿，也發給同事穿，還作為校服發給了每一個參差咖啡夢想學校的學員。令我有點驚訝的是，大家不僅沒有對這件看起來有點奇怪的T恤有絲毫反感，反而都表示很好玩，喜歡。

我敢肯定，他們並沒有都看過小波的《一隻特立獨行的豬》。這篇文章講的是小波當知識青年下鄉勞動期間遇到的一隻與眾不同的豬。說牠特立獨行是指牠從來不願接受人的管制，拒絕被人閹割成為肉豬，也不願意成為種豬被逼著天天交配。小波和其他一起的知識青年都很喜歡這隻有性格的豬，尤其是小波自己，不僅喜歡，還心存敬意。因為他說他見過了太多一心想設置別人和甘於被人設置的人，心生反感。

現在的很多年輕人可能已經不知道知識青年上山下鄉是怎麼回事了。其實就是小波反感的成千上萬的年輕人被人設置，被人安排遠離城市到農村去「接受貧下中農再教育」。現在從經濟學角度來講，當時的政策就是把大量無所事事的城市失業青壯年安排到農村去，緩解城市的就業和治安壓力，畢竟在農村種什麼吃什麼好活。小波就是這千千萬萬年輕人中的一個。當時十幾歲的他肯定不明白這是為什麼，但顯然是不樂意這樣被安排到遠離家鄉幾千公里外雲南的一個國營農場，好好的上學年齡不讓上學天天得去幹體力活。

多年以後小波文章裡的這隻豬可能根本就是小波杜撰出來的。他的意思是，豬在沒有人來馴養牠們之前，豬們難道不知道怎麼生活，怎麼繁衍。怎麼人一來，就對豬們做出牠們不願意的強行安排，搞得豬們生不如死。對動物如此也就罷了，有些人還特別喜歡去安排別人，小波離世都快二十年了，你們看看周遭，這樣喜歡安排別人的人是不是還有很多？

從參差咖啡夢想學校五年來生源不斷的情形來看，我感覺，當然也是希望和樂見情況似乎有了一點好轉。畢竟五年來，近兩千人來學習開咖啡館，想做這明顯很小眾的生意。他們顯然不會是被安排來的，年紀大些的，三十歲左右及以上的學員肯定是自己的選擇，即便年輕一些二十出頭的學員，至少也是自己有了選擇後得到了長輩的同意。從這個結果來看，社會進步還是明顯的。就像剛才說的，即便有人不太清楚「一隻特立獨行的豬」的典故，也沒有對T恤上畫著一隻豬而提出什麼異議，因為大家至少認為「特立獨行」不是個貶義詞。

還有一個喜人的發現就是，現在的年輕人開始學會自嘲了，他們都敢於稱自己是「窮屌絲」，「腦殘粉」了，所以，加了「特立獨行」這一褒義定義的「豬」在他們眼裡根本就不是事兒了。何況如果在網上搜來小波這篇文章看了之後，大家也會同意小波的看法，這隻豬還挺有范兒的。在我看來這是這一代人明顯更自信的一種表現，要知道上一代人，再上一代人絕不會答應背後背著一隻豬四處招搖，他們一定覺得這隻豬是對自己的侮辱，他們發怒的起因常常都是「你這話什麼意思，你是不是針對我的，你是不是看不起我」。他們普遍不自信，而且有被迫害妄想症。當然這也怪不得他們，是某個歷史時期的產物，這裡就不展開了，反正我能夠用自己的心理活動做個旁證，這種病是存在的。好在遇見小波之後，通過滿世界旅行和看雜書的習慣，我已經基本痊癒了。

順便說明一下，從這篇文章開始，之後大部分文章的標題都是王小波寫過的。把這些標題借過來就是想偷懶，我發誓，絕沒有一試高下的想法。在這裡詛咒發誓我甚至都覺得多餘，我自知沒有什麼寫作天賦，所以從來都說自己是在寫字，沒有在任何場合用過一次「寫作」二字，常看我微博的人可以為我作證。

這樣一次不要臉的大膽嘗試，首先就有趕鴨子上架的成分，太想寫這本書，已經開始好幾天了，還是不知道怎麼展開。突然想到，小波如果還活著，現在也不過六十五歲，想必他一定對他原來觀察過的現象，思考過的問題有些新的觀感。遺憾的是他畢竟不在了。於是我突發奇想，何不斗膽就這些現象和問題做一些延續性觀察和思考。二十年過去了，那些現象還在不在，是有所改進還是更糟了，原來的思考還有沒有現實意義，這的確是縈繞在我胸中很久的一些問題。答案，其實寫到現在我心裡是模糊的，不確定的，左右搖擺的，但從小波離世十周年開始憋到現在，有話想說是肯定的，反正，當一切都「開始了」以後，這世界上再沒有什麼可怕的事。我現在只是有點怕死。剛才這句話也是小波說的，我喜歡，不管了，明天繼續寫。

CHAPTER

05

第五章

思維的樂趣

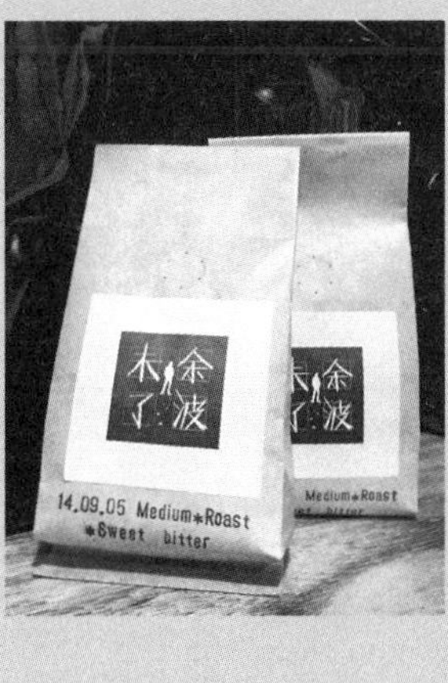

我不喜歡有人讓我推薦書，首先我不認為我有這個資格，其次我認為這個世界上沒有一本牛逼的書能夠解決你的所有問題，即便是我喜歡的王小波的某一本書也做不到。只有看書的習慣有可能幫你解決一些問題。

既然是習慣，那麼從哪一本書開始其實沒什麼要緊，只要養成了看書的習慣，自然會不斷遇見好書，幹嘛非要別人推薦呢。記得有一次我在微博裡寫過這樣一句話，假如我們認為常常給自己買書是對自己的一種獎賞，那麼，難道有時候不小心買到一本爛書，從此以後就不再獎賞自己了嗎？

當然，有時候，主要是在微博上，如果實在拗不過詢問者，正好我那天心情好，我會勉為其難，扭扭捏捏地推薦王小波的《思維的樂趣》。小波的雜文集有好多本，我印象深刻的好文章眾多，為什麼每次都會推薦這一本呢。首先當然是我非常喜歡和同意這篇文章的觀點，甚至看過很多遍，每次結合現實都有新的感悟。更重要的原因是，我潛意識裡希望讀者讀完《思維的樂趣》這篇文章、這本書，開始嘗到思維的樂趣，以後就不會再去找別人推薦書了。

《思維的樂趣》這篇文章的主旨就是，某些單調機械的行為，比如吃、排泄、性交，也能帶來快感，但因為過於簡單，不能和思維的快樂相比，思維的快樂是人類獨有的，有很長一段時間，這種快樂，包括思維的權利曾經被人剝奪得非常徹底，以至於很多人已經感受不到思維的樂趣了，需要他大聲地提醒。他說，「在生活的其它方面，某種程度的單調、機械是必須忍受的，但是思想決不能包括在內」，小波不幸生長在一個有軍代表的年代。軍代表是幹什麼的，現在的八〇、九〇後估計絕大多數不知道。稍微名詞解釋一下，「軍代表」是一群穿軍裝的道德老師，他們通常是由組織上從軍隊挑選的思想「先進」者，他們被派到年輕人身邊工作，和年輕人一起生活，二十四小時確保年輕人思想保持崇高，去掉格調低下的思想，最好滿腦子都用毛澤東思想來佔領。那時候，有年輕人的地方就有軍代表，一兩個人管幾十個人。組織上認為，只要不斷地給年輕人灌輸正確的思想，天下就太平了。

現在的年輕人可不要覺得荒誕好笑，這件事離我們其實並不遙遠，不信你回家問你的爸爸媽媽，他們就認識軍代表，被軍代表管過，甚至你爺爺就當過軍代表。而且，你可能都沒有意識到，他們中的很多人，現在依然充當著沒有穿軍裝的軍代表。不信？你想一下，他們有沒有這樣告訴過你，小朋友不能輸在起跑線上，如果你已經輸在起跑線上了，你的孩子可不能再輸了，一定要這樣，那樣，將來才能在社會上立足；你想這樣，想那樣，不聽他們的，將來肯定是不行的，是沒有出路的。而且每當他們這樣說的時候，都是如此堅定，不容置疑。

「有必要對人類思維的器官（頭腦）進行『灌輸』的想法，正方興未艾。我認為腦子是感知至高幸福的器官，有功利的想法施加在它上面，是可疑之舉。有一些人說它是進行競爭的工具，所以人就該在出世之前學會說話，在三歲之前背誦唐詩。假如這樣來使用它，那麼它還能獲得什麼幸福，實在堪虞」。這是小波在《思維的樂趣》裡的一段話，對照現實，情況有所好轉是肯定的，比方在我們大理的參差夢想小鎮裡，就有這麼一個小學，學生都是常住大理的外鄉人的孩子。這些外鄉人多數是客棧老闆，厭倦了城市生活來大理做點小生意「荒度餘生」，他們集體達成共識，不願意把孩子送到正規的學校接受以考上大學為目標的「系統」教育。我觀察發現，這些小朋友們上課基本是「胡鬧」，校園裡還有塊菜地給孩子們種菜，上課常在戶外，基本以玩為主。更有趣的是，聽說上個月竟然有一對天津的父母，本身不在大理常住，知道有這麼個學校，竟然把孩子一個人送來上學，說是覺得這樣對孩子好！

這種壯舉，我認為是給一個孩子留下了更多可能性的空間，是容忍和保留思維樂趣的進步行為，當然這也只是我個人價值觀裡的明智之舉，我無意推薦給他人。畢竟，很多人喜歡強調中國國情特殊，競爭激烈，迫不得已。大到國家領導，小到孩子家長，很多時候他們也覺得是無奈之舉，不給「孩子們」灌輸正確的思想，「亂套」是一定的。可是，到底什麼才是正確的思想，王小波對這一點是存疑的，我也是。小波在《思維的樂趣》裡寫到，古人曾說：「天不生仲尼，萬古長如夜；但我有相反的想法。假設歷史上曾有一位大智者，一下發現了一切新奇、一切有趣，發現了終極真理，根絕了一切發現的可能性，我就情願到該智者以前的年代去生活。這是因為，假如這種終極真理已經被發現，人類所能做的事就只剩下依據這種真理來做價值判斷。從漢代以後到近代，中國人就是這麼生活的。我對這樣的生活一點都不喜歡。」

我活在二十年後的今天，我承認情況是有所好轉的，至少，我現在很少聽到身邊的年輕人動不動就說「古人云」。我也討厭什麼「古人云」，因為要是古人都云完了，豈不是我們的腦子就多餘了，還是少想起什麼「古人云」的好，凡事容我自己先想一想。我喜歡野蠻生長這個詞，我總相信，上帝給了每個人腦子就是用來想問題的，我就不相信總是和多數人想的一樣就一定是對的，和多數人站在一邊通常不一定就是追求到了真理，可能僅僅只是自以為這樣比較安全。

最近兩年，網路上頻繁出現一邊倒的價值判斷，有種容不得自我判斷的架勢。看到這樣的現象，我很憂心，因為價值判斷對很多人來說輕而易舉這件事，我深表懷疑。稍微討論一下再做決定也不急嘛，容不得討論的事情本身就是可疑的。只有大家通過獨立思考之後達成的共識才是堅固的，非要把高度一致的想法強行灌輸到每個人腦子裡，人類已經試過很多次了，不論他們想灌輸的東西是好是壞，反正沒有一次是成功。所以，總是願意相信科學、資料的我對網路最近常出現的一邊倒現象本身深表懷疑。一邊倒的現象的確讓我沮喪，但我依然對未來保留信心，原因嘛，我試著在下一篇文章《沉默的大多數》裡試著分析一下。

CHAPTER

06

第六章

沉默的大多數

我到底屬於沉默的大多數還是不沉默的少數，活到這個年紀了，我竟然猶豫再三不知如何界定。按常理來說，別人眼中我當然屬於不沉默的少數。過去四年出過三本書，六年來微博發了兩萬六千多條，平均每天十條微博，這不僅不沉默，都有些話嘮了！可是我怎麼還是覺得我屬於沉默的大多數呢？這種自我認知和表象之間的反差是怎麼來的呢？

要說清楚這件事情，我們首先要確定概念，什麼是沉默的大多數。王小波在他的《沉默的大多數》裡是這樣界定的：「所謂弱勢群體，就是有些話沒有說出來的人。就是因為這些話沒有說出來，所以很多人以為他們不存在或者很遙遠……然後我又猛省到自己也屬於古往今來最大的一個弱勢群體，就是沉默的大多數。這些人保持沉默的原因多種多樣，有些人沒能力、或者沒有機會說話；還有人有些隱情不便說話；還有一些人，因為種種原因，對於話語的世界有某種厭惡之情。我就屬於這最後一種。」

如前所述，這幾年我話沒有少說，表面看我應該屬於不沉默的少數，但內心裡，我仍然想把自己歸為弱勢群體，實在是因為我也有很多話想說沒有說出來，所以以暢所欲言為標準的話，我仍然屬於沉默的大多數。

和王小波所在的時代相比，現在是互聯網時代，自媒體發達到已經氾濫的程度了，以數億的微博用戶，數千萬的公眾號來看是大多數不再沉默，但實際情況呢？從二〇一二年開始，以微博為例，除了被禁言的，自動禁言的都不少，活躍度大大降低，是喜新厭舊都到微信公眾號去發言了嗎？顯然不完全是，微信上的十萬加長文都是些什麼文章？稍微統計總結分析一下就會發現，其議題的局限性顯而易見，比如如何養生長壽，比如誰誰誰開了間美好的小店，比如誰的創業項目一年竟然估值上億了，反反覆覆，如此而已。

再拿我自己的微博來說，從二〇一三年開始，除了咖啡，旅行一類的話題，我自動在很多社會議題上禁言了，為什麼？你懂的。當公共知識份子簡稱「公知」都成了貶義詞的時候，我一個膽小如鼠的咖啡人除了沉默還能怎樣。何況我找到了自圓其說的理由，那就是在行動面前，語言是蒼白的，我不說只做。不管社會怎樣，人對自己的行為負責就好了，安心經營好小咖啡館，讓更多人看到憑著技術就能過上獨立自主的小日子的可能性，也是意義非凡的。這真是很好的自我安慰。

至此，我的觀感是，相對政府，社會依然是小的，在議題的發起上是局限的、弱勢的、被動的，大多數人在很多話題上依然是沉默的。比如，前文說的動輒數萬條同仇敵愾的評論，這樣一邊倒的網路輿論真的是大多數嗎，真的是社會共識嗎，我是存疑的，至少我每次明明持有不同意見，但我從來沒有在網上站出來提出反對意見，因為我不想被群起而攻之，雖然我自始至終懷疑那一群真的是大多數，但在每個議題平臺上他們的總能聚而成群，看起來人多勢眾且攻擊性極強。

而像我這樣沒有發言的人到底有多少，我無法考證，但以王小波的邏輯來分析，沉默的反而是大多數的可能性很大，因為外部環境和二十年前並沒有根本的改變，在一些無關痛癢的領域，可以肆意狂歡，而在某些領域，人們都早已有了默契，還得繼續沉默。

寫到這兒，本文的基調看起來有些陰鬱，有點扭扭捏捏，有點欲說還休。那就算了吧，在詞窮的時候，行動是最好的解決之道。不論在網路上還是人與人之間的話語中，論是非總是看起來容易的，生活中做出正確的選擇，讓自己找到自己認為合理的事情一直做下去其實是難上加難的。好在我已經找到了自己覺得合理的事情在做，言語上沉默的負罪感就相對降低了。試想那些沉默的大多數如果都僅僅是不屑於發聲，都在默默地為了自己更好的生活而努力著，其實土壤已經在悄無聲息地改變，生態的改變還會遠嗎?!雖然，我還是拿不出什麼強而有力的證據，但希望真實的情況是這樣的。

CHAPTER

07

第七章 我的精神家園

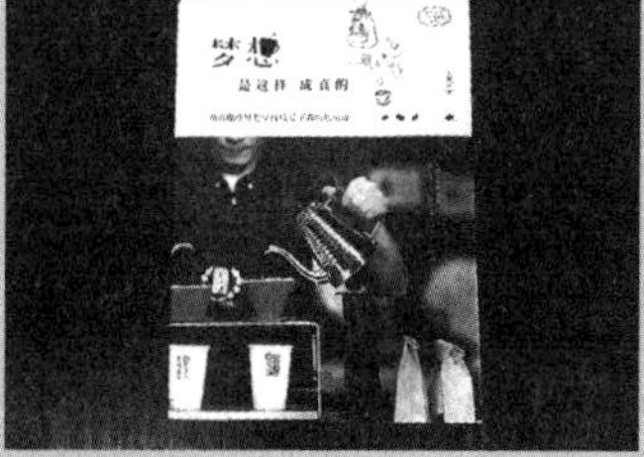

大學一年級的時候利用暑假去神農架探險，歷時三周，有驚無險活著回來了。同年寒假，大學期間唯一一次沒有跑出去旅行的假期，留在家裡用了二十多天，抓耳牢騷地寫了一篇文章《神農架，我的精神家園》和一個劇本《年輕的故事》，劇本是以事實為基礎，把從緣起，到準備，到完成神農架探險的整個過程稍加演義地做了呈現。之所以自不量力要編這個劇本，主要是神農架之行即便是當年剛滿二十歲的我也能意識到這趟旅行對我個人的影響深遠，很想留給紀念，這些我在上一本書《夢想是這樣成真的》裡有過介紹。

當然，當時初生之犢不畏虎的我甚至還做過把劇本變成電視劇甚至電影的努力，也是因為這努力，劇本的手稿到了一位湖北電視臺的資深導演手裡之後就再也沒有回到我手裡了。手稿啊，一個字一個字寫出來的啊！記得一九九〇年的時候，我人已經在廣東打工了，收到過電視臺輾轉來的口信，說是那位導演很喜歡我的故事，有意拍成電視劇，希望我回去修改劇本。改什麼呢？說是希望加個女主角在故事裡面。我的第一反應是沒法加，加了就不是我想表達的東西了，要知道當初決定去神農架，就是覺得年紀輕輕的，一定有比談戀愛打麻將好玩的事情才要去冒險的呀！於是我斷然拒絕了，繼續在鞋廠裡打工。當初寫，就是因為憋不住想寫，結果是不是真的能拍成電視劇或者電影，從那會兒開始到現在，我一貫認為不太重要。

快三十年過去了，當年那篇文章《神農架，我的精神家園》裡寫了什麼，我還依稀記得。寫這篇文章的時候，我還不知道王小波的存在，以當時有限的閱讀和信息量，我對人的認知基本停留在審視、懷疑和反思，他們推崇的我統統想抵制雖理據卻很雜亂不夠充分，而我自己的精神家園皈依何處自然就十分迷茫，這很符合八十年代的氛圍。直到從神農架回來，我認定我的精神家園就是大自然了。這也是我大學期間之後的假期從不待在家裡，每年都出兩趟遠門，不去傳統旅遊景點，偏去人少的地方的原因。

寫《神農架，我的精神家園》的時候，無意中看了被譽為美國文明之父的愛默生的一篇文章《自然》，深得我心。愛默生寫到，「田野和樹林帶給我們心靈的巨大歡悅，證明著人類和植物的隱密關連。我並非獨在而不受關注，植物向我頷首，我向它們點頭。風雨中樹枝搖動對我是既新鮮又熟稔。它令我驚異又讓我安然。它們對於我的影響，就如同我確信自我思維妥貼所為正當時，全身湧起的超越而高尚的感情。然而，可以肯定地說，這歡悅的力量不僅源於自然本身，它存在於人，或者說，存在於自然和人的和諧中。」這就是我在穿越神農架原始森林時候的感受啊！

愛默生認為，自然與人的關係是對應的，自然是美麗而善意的，人的天性也必如此。這就是他用他那震撼人心的語言如此鼓吹絕對自由思維的出發點——絕對信賴個體人，就如同絕對地依賴、信賴我們的自然一樣。注意，在這個信念裡沒有誰輕誰重的問題，也沒有邏輯的先後。這是在邏輯之前的信念。對照中國教育最基本的設想：人的頭腦是需要加以灌輸的，自由思維是不可信賴的，其實是從根本上對人的自我否定，無論出於何種目的，源於什麼文化傳統，與愛默生宣導並成為之後美國教育體系的，從小學開始，直到人的一生所實踐的理念，又何止是南轅北轍。一個社會的目標應該是培養人，而不是孜孜不倦地造就工具，活的工具。只有當社會成為個體信念的實踐體，讓每一個人有全部的力量去行動，自由的發揮天賦，成為一個主動的社會人，不懼怕任何變化，不斷創造和改進周圍環境的時候，社會進步才有了源動力。這世界的未來屬於創造，無論是產業，社會環境，更別說藝術了，甚至人本身，莫不如是。

寫到這兒看起來有點跑題了，其實不然。就是因為寫《神農架，我的精神家園》，我突然意識到，完成神農架之行本身何嘗不是一次個體實踐呢？與此同時，我也開始了思考人的可能性。這與幾年後我遇見王小波並欣然接受有著某種內在的因緣，大自然絕不僅僅是我們眼前的一道道風景，她孕育了人類一切優秀的品質。王小波之後，我眼前恍然出現了一幅壯美的人文圖譜，人類群星如此閃耀以致我倍感自豪，他們一直在那兒而且還會不斷湧現，一想到這個，連我自己都充滿了自信。於是，我的精神家園昇華成了自然與人的合體，準確的說是自然與人的可能性的合體。從此，我不再懷疑，一定會有層出不窮的人宛若星辰一般散射出光輝，普照暫時的歷史黑夜，一定！

餘波未了

CHAPTER

08

第八章 誠實與浮囂

人忠於已知事實叫作誠實；不忠於事實就叫作虛偽。還有些人只忠於經過選擇的事實，這既不叫誠實，也不叫虛偽，我把它叫作浮囂。這是個含蓄的說法，乍看起來不夠貼切，實際上還是合乎道理的：人選擇事實，總是出於浮囂的心境——王小波。小波在這篇文章裡想談的是誠實，做學問的誠實。他的結論是，中國人做學問，誠實者鳳毛麟角，浮囂的做派是主流，至於浮囂的起因——小波認為可以追溯到科舉、八股文，人若把學問當作進身之本來做，心就要往上浮。

做學問的事情離我太遠，我談不了，我只能談一談我熟悉的領域，小日子。王小波說，我們這裡有種傳統，對十足的誠實甚為不利。小波說的確是事實，不僅是做學問，生活中，中國人最引以為豪的做人原則就是活泛，十足的誠實可能會被認為缺乏靈活性，通常大家都認為這樣的人不僅活得累，有時候甚至還被認為面目可憎，破壞氣氛。

人是環境動物，在某種環境下生活久了，自然會以趨利避害為原則受環境的影響而採取有利於自己的處事方式。既然傳統對十足的誠實不利，在誠實上打點折扣，利人利己何樂而不為呢？可是，果真如此嗎？我的經歷告訴我，不一定，當然，首先我從有自己的思維開始就已經放棄了上進，這裡的上進指的是我們傳統裡不約而同的目標——做人上人。高人一等才有好日子過，越底層一定就淒風苦雨，一地雞毛，這是中國社會多少年來難得的共識，似乎有點不言自明的意思。套用小波的話來分析，人若要把做人上人作為目標，心就要往上浮，浮囂於是就難免了。

我的幸運在於，我很早就對「故天將降大任於斯人也，必先苦其心志，勞其筋骨，餓其體膚，空乏其身……」這一套說辭免疫了。我發自內心地覺得這樣「苦勞餓空」下來的結果不一定就真的能堪大任，變態了的可能性倒是很大。去看看那些貪官們，誰不是從「天將降大任於斯人也」出發，「苦勞餓空」下來的結果呢，心理失衡，人格分裂，覺得付出太多，一想起當年夾著尾巴做人，「忍辱負重」，如今終於上位了，回報多少都不夠，為了找心理平衡，怎麼欺負人都不過分。這不是別的，是變態了。

人有了獨立空間才有可能有獨立思考和獨立人格，自從我高中離開父母在外住讀開始，我就自動一個月才回家一趟，父母不再好意思老是在我耳邊羡慕「別人家的孩子」了，而我不僅偷偷地，逆反地對自己的要求一而再再而三地降低，並且還能夠怎麼想就怎麼幹。我大學時的偶像海明威說過，真正的高貴，不是優於別人而是優於過去的自己。我非常同意，但也懶得拿它去和環境爭論，這也是為什麼多年以後，當我看到小波說「我對自己的要求很低，我活在世上，無非想要明白些道理，遇見些有趣的事。倘能如我願，我的一生就算成功」的時候欣喜若狂的原因——我的信條得以確認。

誠實也是一種習慣，得從對自己誠實開始。這種誠實的意義在於，我們能夠坦然面對自己的有限，面對自己的弱點。反正對自己的要求也不高，弱點示人能夠帶來多大的不利根本不在考慮之中。反之，一天到晚想要證明自己堪當大任，難免就想掩蓋點什麼，心往上浮，久而久之，自欺欺人也會變成一種習慣。我寫過微博說，誠實其實是善待自己的一種方式，這樣過日子簡單，不必人前人後不停轉換，疲於應付。比如，現在江湖上有人胡亂叫我「咖啡教父」，一到公眾場合，總有人會問到我一些譬如咖啡機器型號之類的專業細分問題，我當然不承認什麼「咖啡教父」的稱號，自然也不需要硬端著，擺出一副關於咖啡我無所不知的架勢，直截了當告訴人家，我不知道，多麼輕鬆愉快！我可不想活在別人的期待裡，硬把自己活成一個虛張聲勢的空殼。

浮囂的壞處，其實很多人都領教過了；但誠實的好處，有待挖掘。誠實能讓自己過得踏實、輕鬆、自然，是我的個人體會，但如果我還想它能夠推己及人似乎說服力還不夠，我試著拿我開小店的心得來展開一下吧。大家都知道「無商不奸」，意思是做生意者必

定狡猾奸詐，其實這是個天大的誤會，古語裡只有「無尖不商」這個詞，意思是古代的米商賣米，除了要將斗裝滿之外，還要再多舀上一些，讓斗裡的米冒尖兒，此乃無「尖」不商，意思是做生意不僅要誠實，還要主動多給人一些好處。怎麼發展到今天竟然演變成了「無奸不商」或者「無商不奸」呢？

「無尖不商」的本意是怎麼發生了天翻地覆的反轉，不在本文探討的範圍，我只想以我的開小店經歷告訴大家，要不了多久「無尖不商」的本意會反轉回來的。這不是什麼高深的預測，它就是一個自然規律：當物質極大豐富，資訊傳播如此快捷的今天，物質商品的優劣和消費的體驗感才會被更加在意，偷斤少兩，以次充好所費的心機會變成負面成本，不誠實所帶來的負面體驗會被放大。做生意者不僅應該誠實，還要能夠想著多提供增值服務。奸詐會輕易被人揭穿，臭名遠揚；誠實能夠給人帶來愉悅，美名遠揚。經常有學員問我，之前從來沒有做過生意，現在開咖啡館會不會應付不來，我的回答很肯定，沒做過生意更好，所謂的經驗和技巧反而可能是負面的，做小生意誠實坦誠就好，越誠實的人才越適合做生意應該成為一個趨勢。誠實是善待自己、善待他人、善待社會的一種生活方式，這是我的體會，希望你也體會到了。

CHAPTER

09

第九章

工作・使命・信心

世界上每一種語文，都應該有很多作品供人閱讀和評論，而作家的任務就是把它們寫出來，並且要寫得好。這是一件艱苦的工作，我還不能完全相信這就是我此生的使命，也許此次獲獎會幫助我建立這樣的信心——這是王小波的《黃金時代》獲得臺灣《聯合報》文學大獎的得獎感言裡的一段話。《工作・使命・信心》是這篇得獎感言的題目。

這段話證明了我之前代為感謝臺灣的猜測，這個獎對王小波的意義非凡，它幫助王小波確認了寫作這一使命，成全了小波之後幾年的精彩作品，也間接對豐富中文作品起了了不起的作用。耐人尋味的是，一個大陸作家的自信為什麼是靠一個臺灣文學獎建立起來的。彼時，小波在大陸的刊物上已經發表過幾篇小說，還出版過一本小說集，用小波的話說，是那些作品還不夠好，《黃金時代》自覺尚可，才真正顯露出他的才華嗎？我當然更願意相信，許倬雲先生的推薦為小波帶來這個臺灣獎項是個巧合；我當然狹隘地希望，幫小波建立這份自信的是擁有十三億人口的大陸該多好啊。

信心這東西很玄妙，信心能夠激發創造力，因此，在創造力初顯苗頭的時候，能夠給予肯定是一種美德，獲得自信的創造力可以進入一個良性的螺旋上升。反觀我的家庭教育，社會氛圍，「踩」和打擊別人是常態，「還沒怎麼著呢，尾巴就翹到天上了，那以後還了得！」這句話是咱們這兒很多人對待他人小有成績時的普遍心理活動。五年參差咖啡夢想學校開下來，自信的學員鳳毛麟角，懷疑自己學不學得會的學員倒是大部分。小波說過，「人活在世界上，需要這樣的經歷：做成了一件事，又做成了一件事，逐漸地對自己要做的事有了把握。」難道這些學員從來都沒有學會過什麼嗎？顯然不是，從學會走路，學會繫鞋帶，到大學畢業，我們學會了那麼多東西，怎麼會對將要學習的東西依然沒有自信呢？看來問題出在大家都太缺少被肯定。

回想自己的成長經歷，記憶中在我考上省重點高中華師一附中之前，我幾乎從來沒有被肯定過，直到考上華師一附中這樣一件在我們那個小地方堪稱壯舉的事情發生，我依然沒有得到過父親當面的誇讚。現在的年輕父母可能很難理解那一代人的矜持。說到考上華師一附中，初中時候的我學習成績並不是班裡出類拔萃的，我的潛能被激發，或者說動力來源竟然是物理老師得知我要報考華師一附中之後一次毫不掩飾的譏諷：「就你，還想考華師一附中？」，這樣劇情反轉的故事在我們這一代人裡常常聽說，多半是多年以後拿出來吹牛逼用的。可是，很顯然，這種劇情反轉的故事絕不是普遍現象，普遍現象是，大多數人真的被譏諷成功了，果真一事無成。

和二十年前比，現在的年輕家長已經開始懂得鼓勵和肯定的重要了。大家普遍承認一個優秀的孩子是被肯定和鼓勵出來的，不是被呵斥和否定出來的。可是這種認知顯然還沒有擴散成為社會氛圍。這樣的反差當下就顯得後果很嚴重，在家裡被一通肯定之後，一離開家庭和父母進入社會，落差馬上傾盆而來，失落感之大還不如我當初從小在家裡就習慣了不被肯定。我這麼說，當然不是不欣然接受年輕家長的進步，只是想呼籲整個社會的鼓勵機制要趕緊跟上。我知道，這需要相當的過程，而在這個過程中要如何在缺乏鼓勵的社會氛圍之中建立自信，並保持這種自信心不被侵蝕呢？

最簡單的辦法是不去左顧右盼渴望他人的肯定，專注自己的事情和自己的上個月比，和自己的去年比，有進步的時候及時做自我肯定。當然，有人會說，這個所謂簡單的方法說起來容易，人在社會中，怎麼能不受周遭雜音的干擾。是的，可是先試試看嘛。比如，我現在開始健身，每天做幾組伏地挺身，連續幾天肌肉痠痛得不行，但胸圍顯然不會馬上增加，如果我急著來個自拍發個微信微博，急著希望看到別人點讚，那不是有點無聊嗎？可是，只要我堅持下去，半年以後跑到海邊不經意地露一下已經明顯不可同日而語的胸大肌，那時候有沒有人點讚就已經變得不重要了。

舉這個例子可能有點牽強，但是埋頭苦幹，不管在什麼領域，哪怕是自己的身材，努力先幹出點名堂，逐漸把自己修煉成為一個自信的人，其實就是在改變我前面說的壞氛圍。要知道這樣一種壞氛圍的形成，究其原因不就是整個社會中，自信的人比例不高嗎？你見過一個真正自信滿滿的人成天對別人指指點點，說三道四嗎？自信之人的特質往往首先是生活充實、豐富、飽滿，哪有閒工夫去擠兌別人呢？於是，從我們每個人自己開始，多行動，少議論，從各種實踐中逐漸建立自信，你就能成為我們期待的鼓勵型社會美德的源泉。

CHAPTER

10

第十章 積極的結論

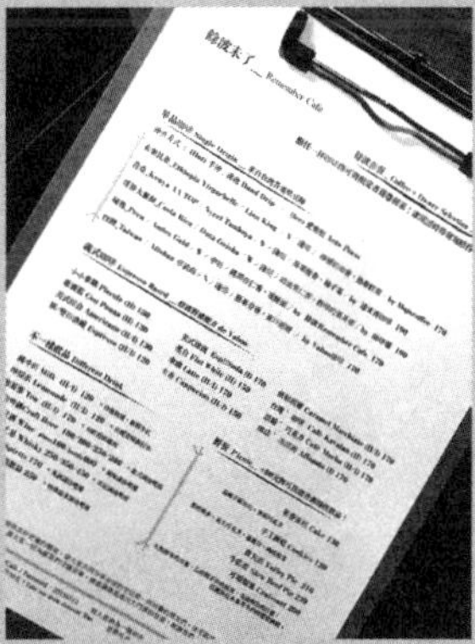

「我小的時候，有一段很特別的時期。有一天，我父親對我姥姥說，一畝地裡能打三十萬斤糧食，而我的外祖母一位農村來的老太大，跳著小腳叫了起來：「殺了俺俺也不信。」她還算了一本細帳，說一畝地上堆三十萬斤糧，大概平地有兩尺厚的一層。當時我們家裡的人都攻擊我姥姥覺悟太低，不明事理。我當時只有六歲，但也得出了自己的結論：我姥姥是錯誤的。」——《積極的結論》王小波。

三十年後，小波發現，姥姥才是明事理的，當初一家人積極的結論是荒謬的。時過境遷，二十年後再看小波的這篇文章，借小波這個標題想討論一下「積極的結論」，忽然發現了一些因果關係。那就是現在微博評論裡整天充斥著的幾乎壓倒性的消極的結論，難道是因為幾十年前我們受「積極的結論」之害太深，如今正處在矯枉過正的過程中嗎？

比如，剛剛看到聯合早報微博發了一條報導，說北京餐飲業在嘗試「打賞」機制化，顧客可以用微信給服務員發「紅包」，和美國的「小費機制」一樣。我作為曾經的咖啡館店小二，第一反應是積極的，通過小費對我的服務做出肯定和鼓勵，我肯定是欣然接受的。可一看這條微博下面的評論，竟然有七八成是消極的結論。諸如：「沒有用，最後就會變成你不給小費就不為你服務」；「啥東西一到中國，準變味兒」；「預感會變成變相漲價」；「給顧客添麻煩，增加了就餐成本」；「可別，最終只會被奸商玩成零工資的服務員」。怎麼回事，大家都這麼消極呢？

我想起了一件類似的事情，大概是四、五年前吧，有一條關於「待用咖啡」的微博被瘋轉，說的是義大利有一間咖啡館出售「待用咖啡」，好心的客人到店裡來喝咖啡，可以多付一兩杯的錢，自己不喝留給後來的弱勢群體。之所以這條微博被瘋轉，當然是大家都覺得這事兒很美好。可是一看評論，也是消極的結論占了主流，他們認為這種好事在中國行不通，中國國情太特殊。可我就納悶了，所謂中國國情不就是由我們每一個人的行為構成的嗎？中國到底特殊在哪兒呢？如果非要說特殊，不就特殊在大家習慣了只下結論不行動嗎？明明大家都覺得是好事，試都不試一下就急著下一個消極的結論，結果是我們大家一起塑造了我們並不樂見的中國國情。

受不了這些消極的結論，我當年就迅速在武漢的參差咖啡館裡推出了「待用牛奶」。考慮到中國的流浪漢不一定敢走進咖啡館，那就針對環衛工人總可以吧，考慮到環衛工人不一定會習慣喝咖啡，牛奶總可以吧。結果是，「待用牛奶」一經推出，每天都能夠賣出一兩份，咖啡館附近的環衛工人們陸續得知這個消息，就會故意來咖啡館附近小憩，順便看看今天有沒有「待用牛奶」。剛才，我特意又在微博上搜了一下關鍵字「待用咖啡」，結果欣喜的發現，珠海有了「待用速食」，成都出現了「預付愛心麵」，長沙出現了「待用蔬菜」，都是受當年「待用咖啡」的啟發。看來，消極的結論一直還在，積極的行動也在展開。

由此我積極地認為，這世上本來就有兩種人，一種人樂觀積極，樂於行動；一種人悲觀消極還好評論，樂於行動的人無暇指指點點，所以他們沒有出現在評論欄裡，因為他們已經在行動或者準備行動了。這種猜想是不是太樂觀我不知道，反正，過去五年裡，我極少在微博評論裡做出什麼積極的結論，但積極的事情我做了不少，看起來也有不少人在做。也就是說，積極的結論其實是由行動累計而成的，無助而且無所事事的人容易給出消極的結論。有事做，有所期待的人本身就是結論，而且是積極的。

CHAPTER

11

第十一章

科學的美好

近一百年前，一九一九年五四運動期間，熱血青年高舉「民主」和「科學」兩大旗幟，提出了「德先生和賽先生」這兩個名詞，現在北大校園裡還有「德先生」和「賽先生」的雕塑。其中「賽先生」就是「Science」，科學。「德先生」我不熟，應該和「賽先生」有某種親戚關係，就不在這裡討論了。

小波在《科學的美好》裡認為，科學對中國人來說，是種外來的東西。人類開創的一切事業中，科學最有成就，因為它有兩樣根基：自由和平等。科學是人創造的事業，但它比人類本身更為美好。科學具有我們所沒有的素質。對個人而言，沒有自由和平等這兩樣東西，不僅談不上成就，而且會活得像一隻豬。真正的科學沒有在中國誕生是有原因的。因為中國的文化傳統裡沒有平等：打從孔孟到如今，講的全是尊卑有序。

二十年過去了，我認為，「賽先生」至今都沒有在中國落戶，沒有落戶的意思是沒有領到身份證，或者沒有拿到「永久居留權」。不對吧，我們每天都在享受各種科學的成果，「賽先生」我們不是天天見嗎？那我換個說法吧，按照所謂「科學」的準確定義——

「近代自然科學法則和科學精神」來論，我們見到的應該只是他的影子，科學精神還不知道在哪兒遊蕩呢。

我在咖啡學校給大家上開店指導課的時候，總喜歡用資料說話，口頭禪是不要相信我，要相信科學，相信資料。我們要用科學精神去思考和判斷。我在這一行比大家久，就一定是權威，不是，只是我採集的資料比較多，我看到的案例比較多，總結下來就比較接近科學的判斷，即便如此，我也會說僅供大家參考，實踐過程中還需要驗證和修正。

比如，有學員問我，為什麼非要聽你的不能開一間兩百平方米的大咖啡館呢？門面我都買下來了，不用付租金呀。我會告訴你，不是我不讓，是資料不讓。資料告訴我們，中國的獨立咖啡館不論大小，平均下來每天賣出的咖啡是二十杯出頭，也就是營業額每天五百元左右，每月一千五百元左右。按這樣的平均水準我們能夠承擔的租金，按營業額的百分之二十計算（這是餐飲行業的普遍規律），只能是每月三千元。而三千元在絕大多數城市是不可能租到兩百平方米鋪面的，這麼算下來，如果你自有的兩百平方米鋪面用來開咖啡館，如果銷售額達不到平均水準的兩到三倍，顯然還不如把鋪面租出去賺租金。

假如你不服氣，認為自己一出馬必定會超越所謂的平均水準，那我會問你有沒有過往的實戰經驗和資料支援呢？如果沒有，這種自信從何而來呢？比較科學的建議是，為什麼要被自有鋪面綁架呢，租出去一半，一邊收著租金，一邊用另一半鋪面去實踐你的想法，先達到平均水準，再超越平均水準，等將來能力提升了，駕馭能力變強了，再考慮更大一點的咖啡館，這樣比較科學。為了更好的說明，我還拿北歐人的身高來打比方，說北歐人個個人高馬大的，但出生的時候不是跟咱們亞洲人差不多嗎，決定他們最終高度的是基因，沒聽說北歐人生下來就一米長吧。

又扯遠了，還是回到科學的美好。在我看來，科學最美好的地方在於，他總是心平氣和，溫文爾雅的存在，不爭辯，不妥協，不強迫。科學建立的是一種理性的權威——這種權威和以往任何一種權威不同。科學的道理不同於「上峰有令」，不同於「不聽老人言吃虧在眼前」，不同於「大家都是這麼做的呀」。科學家發表的結果，不需要憑藉自己的身份來要人相信。就憑這一點我就覺得科學很美好，他不以勢壓人，他證明給你看。我甚至認為科學精神能夠幫助我們帶來人人平等的觀念，我們誰的也不聽，聽科學的。

每次看到網路上各種情緒化的紛紛擾擾，我都很想念「賽先生」，如果「賽先生」真的無處不在，情況肯定會好得多。多跟「賽先生」聊聊，成為好朋友吧，只有「賽先生」才能說服大家擺脫身份、地位、地域的優越感和焦慮感，理性地就事論事，在理性的氛圍下達成共識。而一個就諸多常識能夠達成共識的社會才是一個真正良性的，讓人有安全感的社會。

余波未了
咖啡館

CHAPTER

12

第十二章

人性的逆轉

很認真地重讀小波的《人性的逆轉》，倒吸一口涼氣。這個題目不好寫。

所謂人性的逆轉，當然是相對正常的人性。人人都追求快樂，這是不言自明的，人都是趨利而避害，趨樂而避苦的，小波認為這是倫理學的根基。這一根基被小波文章裡講的故事給打破過，比如，「七十年代，筆者在農村插隊，在學大寨的口號鞭策下，勞動的強度早已超過了人力所能忍受的極限，但那些工作卻是一點價值也沒有的。對於這些活計，老鄉們概括得最對：沒別的，就是要給人找些罪來受。但隊幹部和積極分子們卻樂此不疲，幹得起碼是不比別人少。」再比如，「在七十年代，發生了這樣一回事：河裡發大水，沖走了一根國家的電線桿。有位知青下水去追，電線桿沒撈上來，人也淹死了。這位知青受到表彰，成了革命烈士。這件事引起了一點小小的困惑：我們知青的一條命，到底抵不抵得上一根木頭？結果是困惑的人慘遭批判，結論是：國家的一根稻草落下水也要去追。至於說知青的命比不上一根稻草，人家也沒這麼說。他們只說，算計自己的命值點什麼，這種想法本身就不崇高。」這些，小波都稱之為人性的逆轉。而他自己就是困惑者之一，很慶幸當時自己沒有被逆轉。

那個年代離我們並不太遠，以現在人的眼光，大多數人會認為這兩個故事都很荒誕，那麼可不可以說，人性的逆轉已經轉回正軌了呢？小波文章裡說，人性被逆轉有三個前提：無價值的勞動和暴力的威脅，兩個因素缺一不可，再加上第三個就是人性的脆弱。這麼說來，人性的逆轉通常是被動的，但始作俑者是誰呢？看看小波是怎麼說的，「我要說出我的結論，中國人一直生活在一種有害哲學的影響之下，孔孟程朱編出了這套東西（從孔孟到如今，中國的哲學家從來不挑擔、不推車。所以他們的智慧從不考慮降低肉體的痛苦，專門營造站著說話不腰疼，禮高於利，義又高於生的理論），完全是因為他們在社會的上層生活。假如從整個人類來考慮問題，早就會發現，趨利避害，直截了當地解決實際問題最重要。說實話，中國人在這方面已經很不像樣了，這不是什麼哲學的思辨，而是我的生活經驗。」

按小波的說法，原來始作俑者來自那麼遠久，恰好我們還是一個喜歡標榜傳統的民族，一兩千年的慣性和最近二十年相比那是多麼強大啊！如果說人性的逆轉已經持續了一兩千年，二十年真的能夠逆轉回去嗎？想想本書的初衷是觀察小波當年提出的問題近二十年有沒有變化，雖然覺得這個題目很難，也只好硬著頭皮使勁搜集各種資訊和觀感，力求有個新的結論。比如說，別說撈電線桿了，現在銀行被搶，社會也不鼓勵銀行職員為了包括國家財產而冒生命危險硬拼。這看起來算是人性逆轉回來了。但是，假設人性真的逆轉回來了，為什麼還有很多人一直高喊為了什麼「大義」或者什麼「大業」，不惜犧牲生命呢？或許他們喊歸喊其實都沒有真的想拿自己的命去換什麼，心裡想的都是拿別人的命去換？至此，我們能夠據此理解為人性的逆轉並沒有澈底回來，還是可以理解為他們只是不厚道呢？

本來那麼簡單的事情，被我這麼一說變得好複雜。喬治‧歐威爾說，一切的關鍵就在於必須承認一加一等於二；弄明白了這一點，其他一切全會迎刃而解。可是在中國，問題的複雜在於，一加一有時候等於二，有時候不等於二。算了，不繞了，小波在他的文章最後呼籲，「我們的社會裡，必須有改變物質生活的原動力，這樣才能把未來的命脈握在自己的手裡。」就這一點來看，那麼多人願意去開間小小的咖啡館，我想情況是已經大為改觀的，一加一不等於二的領域雖然還是有，但肯定是變少了，只希望越來越少直到澈底消失。到那時候，就算還有人吶喊鼓吹什麼犧牲生命去完成什麼「大業」，就只會有人看笑話了：「那是你的大業，你不怕死你自己去，我怕死。」沒什麼值得用命去換，這沒什麼不好意思說的，怕死，就是人性的回歸。

CHAPTER

13

第十三章

從INTERNET說起

「我的電腦還沒聯網，也想過要和Internet聯上。據說，網上黃毒氾濫，還有些反動的東西在傳播，這些說法把我嚇住了。前些時候有人建議對網路加以限制，我很贊成。說實在的，哪能容許資訊自由地傳播。但假如我對這件事還有點瞭解，我要說：除了一剪子剪掉，沒有什麼限制的方法。那東西太快，太邪門了！

現代社會資訊爆炸，想要審查太困難，不如禁止方便。假如我做生意，或者搞科技，沒有網路會有些困難。但我何必為商人、工程師們操心？在資訊高速網上，海量的資訊在流動。但是我，一個爬格子的，不知道它們也能行。所以，把Internet剪掉吧，省得我聽了心煩。

Internet是傳輸資訊的工具。還有處理資訊的工具，就是各種個人電腦。你想想看，沒有電腦，有網也接不上。再說，磁片、光碟也足以販黃。必須禁掉電腦，這才是治本。這回我可有點捨不得——大約十年前，我就買了一台個人電腦。到現在換到了第五台。花錢不說，還下了很多工夫，現在用的軟體都是我自己寫的。我用它寫文章，做科學工作：算題，做統計——順便說一句，用電腦來做統計是種幸福，沒有電腦，統計工作是種巨大的痛苦。但是它不學好，販起黃毒來了，這可是它自己作死，別人救不了它。

看在十年老交情上，我為它說幾句好話：早期的電腦是無害的。那種空調機似的龐然大物算起題來嘎嘎作響，沒有能力演示黃毒。後來的486、586才是有罪的：這些機器硬體能力突飛猛進，既能幹好事，也能幹壞事，把它禁了吧。

當然，如果決定了禁掉一切電腦，我也能對付。我可以用紙筆寫作，要算統計時就打算盤。不會打算盤的可以揀冰棒棍兒計數——滿地揀棍兒是有點難看，但是——謝天謝地，我現在很少做統計了。

除了電腦，電影電視也在散佈不良資訊。在這方面，我的態度是堅定的：我贊成嚴加管理。首先，外國的影視作品與國情不符，應該通通禁掉。其次，國內的影視從業人員良莠不齊，做出的作品也多有不好的。我是寫小說的，與影視無緣，只不過是掙點小錢。王朔、馮小剛，還有大批的影星們，學歷都不如我，搞出的東西我也看不入眼，但他們可都發大財了。

應該嚴格審查——話又說回來，把Internet上的通訊逐頁看過才放行，這是辦不到的；一百二十集的連續劇從頭看到尾也不大容易。倒不如通通禁掉算了。「文化大革命」十年，只看八個樣板戲不也活過來了嘛。我可不像年輕人，聲、光、電、影一樣都少不了。

我有本書看看就行了。說來說去，我把流行音樂漏掉了。這種烏七八糟的東西，應該首先禁掉。年輕人沒有事，可以多搞些體育鍛煉，既陶冶了性情，又鍛煉了身體。

這樣禁來禁去，總有一天禁到我身上。我的小說內容健康，但讓我逐行說明每一句都是良好的資訊，我也做不到。再說，到那時我已經嚇傻了，哪有精神給自己辯護。電影電視都能禁，為什麼不能禁小說？我們愛讀書，還有不識字的人呢，他們準贊成禁書。好吧，我不寫作了，到車站上去扛大包。我的身體很好，能當搬運工。別的作家未必扛得動大包。」

對不起，實在對不起，以上幾乎就是王小波《從Internet說起》這篇文章的全文，當年小波的意思，我現在全部舉雙手贊成，可惜他們不僅沒有聽小波的規勸，放任Internet發展得簡直不像樣子，不可收拾，還自找麻煩不得不投入大量的人力去審查，勞民傷財。我雖然這些年從Internet上面也得了些便宜，但還想賣個乖，最好是都禁了算了，一了百了，天下太平。反正現在什麼都禁了我也活得下去，我現在特別想找個鄉下種地，靠雙手自給自足，連電都沒有也沒問題。

好了，不鬧了，我自知沒有王小波骨子裡的幽默感，再裝下去馬上穿幫。還是把王小波在文章裡的最後一句話奉上吧，「我贊成對生活空間加以壓縮，只要壓不到我。但壓來壓去，結果卻出乎我的想像。」我想說，二十年後的今天，很遺憾，結果也超出了我的想像。

餘波未了

CHAPTER

14

第十四章

關於愛情片

我喜歡看電影，而且喜歡把讓我流淚的電影都歸為好電影，看一次流一次的電影，在我心目中就是經典電影。如果要問我最喜歡的電影，排第一就是《勇敢的心》，第二是《燃情歲月》，排第三也許是《肖申克的救贖》，但不確定，因為好電影還有很多。這兩部電影被我排名前兩位，原因是主題都關乎自由，這是我最愛的主題，當然也有愛情，而且電影原聲都很棒，都是James Horner的作品。

這兩部電影裡都有愛情，但顯然都不是愛情片，我流淚的點也不是裡面的愛情。可見，以電影這門綜合類藝術來講，愛情片不是我的首選。但是每次無聊的時候碰到電視上放《諾丁山》，我都會津津有味地把它看完，而且特別有趣的是，《聞香識女人》我也看了很多遍，這顯然不是一部愛情片，但每次我都會興致盎然地等著電影的最後一幕，要看完艾爾帕西諾和女教師的對話，才心滿意足。看來，我對愛情片和片中的愛情是有所期待的。

小波那個年代，國產愛情片本來就不多，他在《關於愛情片》裡提到了《廬山戀》：「以《廬山戀》為例，不僅愛情的力度不夠，而且相當的古怪，雖說是部愛情片，男女主

人公一不接吻，二不擁抱，連愛你都不說，只用英文高呼：I love my motherland，吼得地動山搖。那部電影看得我渾身發冷——在雲南插隊時，我得過瘧疾，自打那以後，還沒起過那麼多的雞皮疙瘩。」很幸運，我是很小時候看過《廬山戀》，那時候小到根本不懂男女之情，只覺得廬山很美，於是沒有起雞皮疙瘩。

小波說自己不喜歡看愛情片，倒不僅僅是因為《廬山戀》倒了他的胃口，他是認為愛情片都很扯淡，除非為了陪太太，他更喜歡警匪片，雖然他覺得警匪片也扯淡。但是，既然太太喜歡看愛情片，小波覺得他當然沒有理由反對她的這種嗜好，只是懇請編導們多弄出一些愛就愛到七死八活，貨真價實的故事來。二十年過去了，很遺憾地告訴小波，以這個標準來論，我一下子還真想不起來有哪一部國產的愛情片來，當然，主要原因我前面說過，愛情片不是我的首選，我沒那麼上杆子去找。

有進步的是，我們現在可以看到的片子比小波那時候多多了，有美國片，韓國片，歐洲片，願意交會員費的話，還可以在網上找到更多的片子來看。隨著時間的推移，年紀越來越老，我對任何類型的片子要求都降低了，只要不讓我起雞皮疙瘩就可以。就拿《諾丁山》為例，我就看了好幾遍，喜歡較真的人會跳出啦吐槽說，這是小時候童話裡「王子和公主幸福的生活在一起了」帶來的後遺症。朱莉亞羅伯茨走進諾丁山一家尋常書店的可能性有多大，愛上書店男主人的故事又有多少可信度，我們不接受這樣的童話般的愛情，因為它和現實有巨大的落差。

較真了不是，我現在覺得沒這個必要，電影不就是一種可以把你從現實中拽出來兩個小時的解決之道嗎？尤其是愛情片，只要它在這兩個小時裡做到了，把你拽進了雲裡霧裡，它的功能就實現了。我不怕承認，每次看《諾丁山》的時候，我都在幻想我將來也有這麼一間小書店。後來真的開了咖啡館，我一點都不否認，守著自己的咖啡館，時不時還會白日做夢地幻想，我的朱莉亞羅伯茨會不會下一秒走進我的咖啡館呢。十年了，我的那個她當然沒有出現，但《諾丁山》之於我的咖啡館生活至少賦予了另一種色彩，我把咖啡館繼續開下去的原因，當然也不會只是為了傻等我的朱莉亞羅伯茨。

總結一下，其實，小波在《關於愛情片》裡也說自己常看些扯淡的電影作為消遣。以我觀影數十年的經歷看，能夠對自己產生巨大衝擊和震撼，甚至影響到價值觀，人生觀，會反覆看的片子其實就那麼幾部，手指頭絕對掰得過來。大部分片子都是用來消遣的，沒必要過於較真，動不動就抱怨浪費了金錢，還浪費了時間。我的看法是，只要笑出了聲，一不小心還流了幾滴淚，這片子就值回票價。不小心暴露了自己看電影愛哭，沒事兒，我自認為這是美德，不怕告訴你，我看威爾史密斯演的《七磅》就哭得死去活來的，看周星馳的《喜劇之王》還一會哭一會笑的，每次都這樣。

CHAPTER

15

第十五章

明星與癲狂

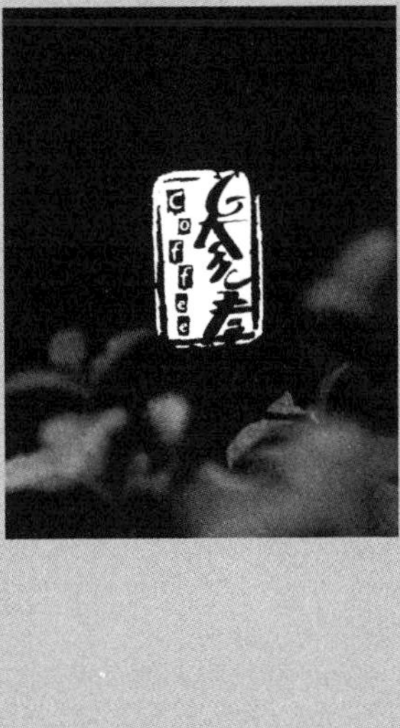

「我認為明星崇拜是一種癲狂症，病根不在明星身上，而是在追星族的身上。理由很簡單：明星不過是一百斤左右的血肉之軀，體內不可能有那麼多有害的物質，散發出來時，可以讓數萬人發狂。所以是追星族自己要癲狂。追星族為什麼要癲狂不是我的題目，因為我不是傅柯。但我相信他的說法：正常人和瘋子的界線不是那麼清楚。筆者四十餘歲，年輕時和同齡人一樣，發過一種癲狂症，既毀東西又傷人，比追星還要有害。所以，有點癲狂不算有病，這種癲狂沒了控制才是有病。總的來說，我不反對這件事，因為人既有這樣一股瘋勁，把它發洩掉總比鬱積著好。在周末花幾十元買一張票，把腦子放在家裡，到體育場裡瘋上一陣，回來把腦子裝上，再去上班，就如脫掉衣服洗個熱水澡，或許會對身心健康有某種好處，也未可知……至於明星本人，在這些癲狂的場合出現，更沒有任何可責備的地方。」——王小波《明星與癲狂》

小波這篇文章最後的結論是：「追星族不用我們操心，倒是明星，應該注意心理健康……現在有明星，但沒有出色的表演，更沒有可以成為經典的藝術片。假如我沒理解錯，這些明星還拿玩鬧起哄當了真，當真以為自己是些超人。這個遊戲玩到此種程度，已經過了，應該回頭了。」一向小波報告，我的觀察是，當年的「明星制」發展到今天，一直基本上是純商業運作，所以心理健康問題沒有明顯惡化，因為商業利益的使然，明星們大多不太敢造次，最多同行之間掐一掐，但不敢隨便欺負作為衣食父母的追星族。

我反倒是發現小波說的追星癲狂症有點失控的架勢。怎麼講？有一次一位年輕的男明星出現在我在上海的一間參差咖啡館門口，引來眾多粉絲圍觀，我當時在場，雖然不知道他是誰，也沒想知道，覺得這很正常，雖然一陣騷動有些嘈雜，但給咖啡館也帶來不少生意，也不錯。正當我樂呵呵告訴我的九〇後同事說準備發一條微博顯擺一下，微博內容大概是「是誰這麼大威力，讓我們咖啡館瞬間爆滿呀」，小同事看到後迅速反應，「森哥，不能這麼發」，我說為什麼，同事的解釋讓我啞口無言！他說，這個「某某」的粉絲巨多，數千萬，而且攻擊力極強，萬一有和你的粉絲重疊的他的死忠粉發現你連他都不認識，你會被圍攻的。

什麼？就為這就可能被圍攻，我還不信那個邪了呢。當然這是年輕時候的我可能有的反應，當時我只是搖了搖頭，壞笑了一下，微博沒發。是哦，我長期打理微博，雖然沒在意，這種為了捍衛各自的偶像在微博上「互噴」、「互撕」的現象我當然看到過。你看，

「噴」和「撕」這兩個動詞看起來都滿慘烈的，聯想到小波的說法，我認為現在是追星癲狂症過了。我也不是傅柯，粉絲們怎麼發展到過度癲狂，我沒法分析得透澈，可能跟這些年尤其明顯的唯我獨尊，非我族類其心必異，要麼同意我，要麼你去死的社會氛圍有關吧。可這種社會氛圍又是怎麼形成的，那話題就大了。我只想說，參差多態才是美，蘿蔔白菜各有所愛不是挺好的嗎？像我這樣對某些「萬人迷」無感難道有什麼問題嗎？

你喜歡的人不許別人不喜歡，那好，咱們十幾億人就都去一起喜歡那個人，和你一起癲狂，於是，一張演唱會的票價肯定就會被炒到能買套房了，到那時候，除非你不僅癲狂，你爸爸還是王健林，否則你一定會承認強迫所有人都附和你，喜好全跟你一樣，到頭來自己反而成了受害者。「君子和而不同，小人同而不和」，孔夫子擺出這個道理都幾千年了，咱們這兒就是兌現不了，奇了怪了。

反正，我覺得喜歡一個明星是很私人的事情，幹嘛非要聚眾呢？為了身份認同和氣氛我倒是可以理解，但顯然即便明星本人也會同意，喜歡得久比喜歡的人多更受用一些吧。你可能會說，粉絲多，變現才可能快，久，這事兒雖然好，現在這社會變化飛快，成真的可能性太低，而且還不能及時儘快變現，意義不大。這麼分析起來，癲狂的當事人們好像陷入了某種共謀。我也說不清楚了。

不說了，我雖然自己也有些粉絲，但怎麼讓大家鼓噪起來，快速吸引更多粉絲以便快速變現，這方面我不得不承認自己很外行，而且一直很老派，我總覺得暗戀很美好，不僅不會誤傷暗戀的對象，甚至還可以因為暗戀而暗自使勁讓自己變得更美好。前不久我就偶遇了一位年輕時暗戀的對象，她現在過得好不好我都沒來得及問，只是想起當年為了配得上她，我又是練吉他，又是練音準的，心存感激。聽過我唱歌的人都說我唱得還不錯，我心裡知道，那有她的功勞。

餘波未了

CHAPTER

16

第十六章 賣唱的人們

「下面我要談的是我所見過的最動人的街頭演奏，這個例子說明在街頭和公共場所演奏，不一定會有損個人尊嚴，也不一定會使藝術蒙羞——只可惜這幾個演奏者不是真為錢而演奏。一個夏末的星期天，我在維也納，陽光燦爛，城裡空空蕩蕩，正好欣賞這座偉大的城市。維也納是奧匈帝國的首都，帝國已不復存在，但首都還是首都。到過那座城市的人會同意，「偉大」二字絕非過譽。在那個與莫札特等偉大名字聯繫在一起的歌劇院附近，我遇上三個人在街頭演奏。不管誰在這裡演奏，都顯得有點不知寒磣。只有這三個人例外。拉小提琴的是個金髮小夥子，穿件毛衣，一條寬鬆的褲子，簡樸但異常整潔。他似是這三個人的頭頭，雖然專注於演奏，但也常看看同伴，給她們無聲的鼓勵。有一位金髮姑娘在吹奏長笛，她穿一套花呢套裙，眼睛裡有點笑意。還有一個東亞女孩坐著拉大提琴，烏黑的齊耳短髮下一張白淨的娃娃臉，穿著短短的裙子、白襪子和學生穿的黑皮鞋，她有點慌張，不敢看人，只敢看樂譜。三個人都不到二十歲，全都漂亮之極。至於他們的音樂，就如童聲一樣，是一種天籟。這世界上沒有哪個音樂家會說他們演奏得不好。我猜這個故事會是這樣的：他們三個是音樂學院的同學，頭一天晚上，男孩說：敢不敢到歌劇院門前去演奏？金髮女孩說：敢！有什麼不敢的！至於那東亞女孩，我覺得她是我們的同胞。她有點害羞，答應了又反悔，反悔了又答應，最後終於被他們拉來了。除了我們之外，也有十幾個人在聽，但都遠遠地站著，恐怕會打擾他們。有時會有個老太太走近去放下一些錢，但他們看都不看，沉浸在音樂裡。我堅信，這一幕是當日維也納最美麗的風景。我看了以後有點嫉妒，因為他們太年輕了。青年的動人之處，就在於勇氣，和他們的遠大前程。」——王小波《賣唱的人們》

原諒我一字不漏地把小波這一段搬上來，因為，透過文字我看到了一幅畫面，很美，相信你也是。和小波一樣，在國外看到過很多街頭賣唱，包括演奏。有一次在紐約地鐵等車，耳邊一直迴盪著非常舒服的男聲鄉村名謠，開始一直以為是頭頂上某個地方有擴音器在播放，幾分鐘後一側頭才發現靠牆的位置，一個歌手坐在鍵盤面前正在邊彈邊唱，周圍有十幾個人在欣賞著。這幅畫面沒有小波在維也納看到的那麼美，但也足以讓我浮想聯翩。這幾年，我一直在教別人開獨立小咖啡館，其核心理念是自己雇傭自己，憑自己的手藝、真誠和聰明才智，力所能及地開一間小小的咖啡館，既能夠自給自足養活自己，還能夠造福社區。看到這樣的街頭地鐵藝人，我馬上想到他們的活法和我這幾年鼓吹的活法本質上是一樣的。

中國的地鐵越來越多了，廣場也不少，可我們一提到廣場立馬想到的是大媽們的廣場舞，地鐵裡也幾乎沒有看到類似的藝人，可惜了。據我所知，從一九八五年起，紐約大都會交管局下屬的交通藝術和城市設計部門就發起了名為「紐約地下音樂」的專案，為專案成員的歌手和藝術團體指定紐約地鐵站和火車站的理想表演位置，同時給予他們表演許可。獲得許可的藝人將可以優先使用熱門的表演地點，包括在不允許一般藝人表演的大中央車站和賓夕凡尼亞車站等鐵路交通樞紐表演，還可以銷售自己的音像製品。想要成為「紐約地下音樂」專案的成員，藝人只需向大都會交管局提交申請。風格多樣的表演者在數十位由大都會交管局成員和藝術家組成的評委團面前，表演包括爵士、搖滾、歌劇、無伴奏和聲、B-box、默劇等多種形式的節目，以爭取到一個官方許可的地鐵藝人席位。紐約人普遍同意，地鐵藝人存在的最大意義，就是能讓上班族在紛繁的轉車中短暫地逃離現實和冗長重複的生活，讓他們得到放鬆和寧靜。

以我喜歡自由自在的個性和睡懶覺的惡習，如果我要是精通某種樂器，或者歌唱到了可以被欣賞的水準，我每天睡好覺下午或者傍晚跑去當街頭藝人的可能性極大，我猜有我這樣想法的人應該還不少吧。這段時間在大理古城人民路上我就遇見過好多回街頭藝人，有中國人，也有外國人，每次看到他們從地上收起裝了錢的帽子，隨時隨地下班的樣子，我都心生羡慕。「生活在大城市，時常有不順心的事發生，而當這些表演，這些小的細節出現時，會扣人心弦，讓人感動。」這是紐約地鐵裡的一位觀眾的回答，你看，既能夠給喜歡懶散的藝人提供一種生活方式的解決方案，還能造福來來往往的人群，這事多好啊。

我想，在中國，負責地鐵營運的國營公司們是不是也應該開始考慮考慮「低下音樂」專案了呢，如果可以，我都想在我的參差夢想學校開一種課程——「街頭藝人培訓班」，除了強化表演技術之外，還提醒他們注意以下事項：不阻擋自動扶梯、電梯和樓梯間，不干擾乘客的正常通勤，不在地鐵內的施工工地附近表演，不在站內發佈公共廣播時表演，儘量不使用擴音設備，如果用，也必須控制在八十五分貝之內……

CHAPTER

17

第十七章

自然景觀和人文景觀

「我前半輩子走南闖北，去過國內不少地方，就我所見，貧困的小山村，只要不是窮到過不下去，多少還有點樣。到了靠近城市的地方，人也算有了點錢，才開始難看。家家戶戶房子寬敞了，院牆也高了，但是樣子惡俗，而且門前漸漸和豬窩狗圈相類似。到了城市的近郊，到處是亂倒的垃圾。進到城裡以後，街上是乾淨了，那是因為有清潔工在掃。只要你往樓道裡看一看，陽臺上看一看，就會發現，這裡住的人比近郊區的人還要邋遢得多。總的來說，我以為現在到處都是既不珍惜人文景觀，也不保護自然景觀的邋遢娘們邋遢漢。這種人要吃，要喝，要自己住得舒服，別的一概不管。」——王小波《自然景觀和人文景觀》

小波在文章裡吐槽的其實是人，可是條件越好卻越是惡俗，這不符合邏輯啊。小波說，「讓別人看到自己住的地方是一種美麗的自然景觀，這也是一種做人的態度。」這意思是邋遢難看和經濟水準的關係不大，和做人的態度有關。我的看法，和審美水準的關係也很大。我讀高中的時候，十分渴望有一件「夢特嬌」牌的T恤，哪怕是假的，那時候，

余波
来了

「夢特嬌」T恤是潮男的標配，每到夏天，滿大街全是顏色不同的「夢特嬌」，不穿一件「夢特嬌」都不好意思去逛街。現在害怕撞衫的年輕人肯定很難想像，但那是真的，而且離現在並不太遠。

小波寫這篇文章的時候，中國離一場對審美有毀滅性破壞的浩劫還不算遠，中國人經歷了幾十年愛美有罪的噩夢，對美的渴望剛開始被喚醒，對什麼是美還在重新學習中。可喜的是，過去二十年，尤其是互聯網應用普及的最近十年，我的觀感是情況大為好轉，實事求是說，年輕人的審美水準突飛猛進，小波說的態度也在改觀之中。前不久就聽說北京一對青年夫妻把一處租來的六十五平米胡同老平房花了四十萬人民幣裝修得又漂亮又舒服，裝修過房子的人就知道，每平方米裝修費超過五千元，絕大多數人就算是買的房子，可能都不願意花這麼多錢，對於一間租期才十年的房子，這相當於不僅最後裝修歸了主人，每月租金還多出了三千多。十年後房東會不會續租不知道，可是小夫妻的理念是，先把這十年過好，房子可以是租來的，但生活永遠不是。

現在網路傳播神速，類似這對小夫妻的實踐成果幾乎每天在網上流傳，看到的人越來越多，那麼美好，一定會激發很多青年人去效仿和創造，觀念也在被傳染。一度被摧毀的審美正在恢復。我敢肯定，人文景觀會慢慢得以從細微處開始改變。再過二十年，美會回歸生活，回到我們身邊，無處不在。一個核心動力就是，「私」的合理性被一步步逐漸確認。隨之而來的是做人的態度回歸正常，公共意識的抬頭也會慢慢開始。「大公無私」的荒唐提法會回歸成為「大私有公」，人們在美化好私人空間和環境之後，會越來越在意人人有份的公共空間。整體審美水準的提高，也會讓整個社會對俗和醜的容忍度越來越低，進而變成一種理念，而理念會慢慢形成一種力量，這種力量足以改變自然景觀和人文景觀。

我如此樂觀的理由當然還有互聯網的因素，這個了不起的工具，小波當年不可能預料到會發展到今天這樣的地步。這兩年，我在參差咖啡夢想學校的課堂上每一期都不遺餘力地推廣一個叫「Pinterest」的APP，它創立於二〇一〇年，可能因為是全英文的，目前只能用英文關鍵字搜索，所以在中國大陸還不是那麼流行，但是在這個上面你可以看到來自全世界線民上傳的美圖，涵蓋你能想到的任何領域。學員們如果想在裝修、裝飾咖啡館上有所參考，忘了百度吧，用「Pinterest」，你會看得眼花撩亂，啟發良多。

兩年下來，我們的學員店裝修得一個比一個漂亮，快速超越了四、五年前的學員店，令我驚歎。很典型的，獨立咖啡館當然是公共空間，但呈現過程我又強烈建議主人更多的從自己的個性和喜好出發，不必去揣度和迎合所謂的大眾，堅持自己的審美。這樣的結果就是，參差之美就有可能層出不窮，動機看起來有點自我，但客觀上提供了更多的樣本，有助於對整體審美水準的提高。

CHAPTER

18

第十八章

關於貧窮

「很不幸的是，任何一種負面的生活都能產生很多亂七八糟的細節，使它變得蠻有趣的；人就在這種趣味中沉淪下去，從根本上忘記了這種生活需要改進。用文化人類學的觀點來看，這些細節加在一起，就叫做「文化」。有人說，任何一種文化都是好的，都必須尊重。就我們談的這個例子來說，我覺得這解釋不對。在蕭伯納的《英國佬的另一個島》裡，有一位年輕人這麼說他的窮父親：一輩子都在弄他的那片土、那隻豬；結果自己也變成了一片土、一隻豬。要是一輩子都這麼興沖沖地弄一堆垃圾、一桶屎，最後自己也會變成一堆垃圾、一桶屎。所以，我覺得總要想出些辦法，別和垃圾、大糞直接打交道才對。」——王小波《關於貧窮》

小波在這篇文章裡還講到他的一位鄰居，一位七十多歲的老師傅退了休卻閒不住，每天都會把大家共同的大院裡的幾十個垃圾箱翻個遍，翻出所有紙盒紙箱，搜集在一起注水（為了增加重量）後拿去賣。由此小波推論出貧窮是一種生活方式，這一點我也可以做出佐證，因為我小時候見過我爸爸做過性質類似的事情。那時候家裡肯定不富裕，但老爸在窗臺外支了個花架，養了點花，說明家裡顯然不至於貧窮。可是，他老人家為了給花施肥，自己研製了一種液態肥料，記憶中應該是用爛黃豆什麼的泡製而成，每次施肥的時候，惡臭無比，我受不了就會屏住呼吸奪門而去，他發現了竟然還會問我「出去幹嘛」。顯然，他覺得肥料理所當然會惡臭，對我不能接受惡臭不理解。

現在老爸肯定不會再這麼泡製肥料了，但我覺得貧窮的生活方式慣性猶在。因為每次去看他老人家，尤其是夏天，屋裡仍然能遇見飛蛾。十幾年前我就調侃過他是飛蛾養殖專業戶，家裡大大小小的櫃子裡總有各種囤積的食物生出了飛蛾。如今生活早已無憂了，這種愛囤積的習慣還在，明明吃不完又捨不得處理，到最後放壞了還是得扔，說是不願意浪費，其實還是浪費了。現在的年輕人沒有經歷過匱乏時期，鬧心的問題最多是換不起新手機，即便自稱是一枚「窮屌絲」，這個「窮」早已不是吃了上頓愁下頓，生活無以為繼的意思了。

二十年後的今天，我們身邊真正物質上赤貧的人少了很多，「炫富」的人倒是層出不窮，這讓我倒想談一談另外一種貧窮，那就是精神貧窮。所謂精神貧窮，表現為空虛、萎靡、失魂落魄、無精打采、缺乏信心、板起面孔、對什麼都提不起興致。見過一種自嘲，說自己「窮的只剩下錢了」，意思是物質和金錢已經追求到了，不知道還能夠追求點啥。

在我看來能夠這麼自嘲其實已經是一個不壞的起點了。更嚴重的是，由於物質的不斷豐富，人們對物質的依賴越來越強，誤以為精神的需求可以被物質的滿足來替代，缺什麼都可以藉以「買買買」來滿足；科技的發達，資訊的氾濫，讓人們懶得思考，誤以為一切疑難雜症都可以簡單便捷地從手機上得到解藥。海量的、碎片的、自相矛盾的資訊成了我們精神食糧的唯一來源，精神世界被弄得失去了支點，精神空虛可謂是水到渠成。

中國這二十年發展飛快，人們為了擺脫貧窮，熱衷全力以赴追求財富，這當然無可厚非，但是以為擺脫了物質上的貧窮，精神上自然富足就有點掉以輕心，甚至狂妄無知了。我看到的事實是，物質貧窮的時候，精神不一定貧窮，物質富足了，精神並不必然富足。富足的物質生活更能產生很多亂七八糟的細節，你看我，手機裡面那麼多APP，想看會書，手機在旁邊震個不停，一下子今日頭條精準地推送給你，大理發生了殺人案（因為我人現在在大理，這一點手機也知道），還順便告訴你大理飛武漢的機票降價了，一下子微信裡有人發紅包了，一下子愛奇藝震出一條《我不是潘金蓮》上線了，手機要是一直沒動靜，我又忍不住拿起它看看微博上有沒有新的點讚，人就在這種細節中沉淪下去，從根本上忘記了這種生活需要改進。

什麼是文化？我的理解是，一群人對某一件事情有相同的看法和處理方式，就是文化。文化是一個中性詞，不能因為人多勢眾就一定是好的文化，就必須尊重。我甚至有個壞習慣，那就是對多數人的文化始終保持警惕。我的理解是，現在社會普遍的精神空虛乃是因為物質的快速豐富讓我們有些應接不暇所致。我已經意識到要開始做減法了，總在提醒自己要盡可能遠離一些不必要的細節，多留點時間和空間給自己的精神生活，比如，現在我就把手機放到客廳裡，自己留在臥室裡寫字，怕自己不由自主又拿起手機。在大理和麗江流行了好幾年的「發呆」我很想理解為一個好的苗頭，如果「發呆」成為一種主動的需求，那一定是精神層面脫貧的開始。

CHAPTER

19

第十九章 拒絕恭維

小波經歷過一個瘋狂的年代，一批天真爛漫的年紀人被恭維成「革命小將」，有人說他們最敢闖，最有造反精神，於是他們就輕狂了，不僅跑到學校裡打老師，還準備越境出去解放全人類。多年以後，這些年輕人長大了，意識到錯了，但估計還是想不明白當初怎麼就頭腦一熱瘋狂起來了。幸運的是，小波當年不僅很冷靜，還能從中看出真相：「從人們所在的民族、文化、社會階層，乃至性別上編造種種不切實際的說法，那才叫做險惡的煽動。因為他的用意是煽動一種癔症的大流行，以便從中漁利。人家恭維我一句，我就罵起來，這是因為，從內心深處我知道，我也是經不起恭維的。」

小波的意思很明白，那就是人都經不起恭維，凡恭維我者必不懷好意，別有用心。可是自我恭維怎麼解釋呢？我們從小到大被反覆告知，中華民族具有很多傳統美德，剛才百度了一下，看到愛國主義作為民族精神，是中華民族傳統美德的核心，然後是仁、義、禮、智、信，還有很多，諸如持節、自強、誠信、知恥、改過、厚仁、貴和、敦親、忠君、尚勇、好學、審勢、求新、勤儉、奉公……不怕你們罵我，我雖然是中華民族的一份子，但我怎麼覺得這有點自我恭維呢。

我又試了一下百度「盎格魯撒克遜民族的傳統美德」和「英國人的傳統美德」，結果只顯示了「盎格魯撒克遜民族為什麼是強大的」，「盎格魯撒克遜人是一群怎樣的人」，「英國人的傳統」，「英國人的性格」，看來盎格魯撒克遜民族沒有我們中華民族善於總結，亦或他們自覺「仁義禮智信」各方面做得沒有我們好，不怎麼拿得出手，根本就不好意思在這些方面做什麼總結。寫到這裡，我自己都覺得是在耍貧嘴，沒意思。我的真實想法是，各個民族都有自己的民族性格和傳統，我們總結出來的那些美德，是全人類共同的追求，達到的程度也許有差異，但不應該是哪一個民族獨有。比如誠信，地球人都知道那是美德，我們現在的社會整體誠信狀況並沒有優於別的民族，這是事實，我們也都還在努力中。

可是老喜歡標榜「中華民族的傳統美德」，硬是要搞得好像別人都沒我們那麼美好，或者言下之意我們曲高和寡，追求總是比別人高出一截，這不就是集體自我恭維嗎？這麼多年自我恭維下來，你我都得了什麼好處呢？是不是久而久之潛意識裡真的生出了某種集體優越感了呢？就讓我也當一回《皇帝的新衣》裡面的那個「傻」小孩吧，以我對咱們真實的民族自信心的觀察，我看不見得，可能還適得其反。

「人經不起恭維。越是天真、樸實的人，聽到一種於己有利的說法，證明自己身上有種種優越的素質，是人類中最優越的部分，就越會不知東西南北，撒起癔症來。我猜越是生活了無趣味，又看不到希望的人，就越會豎起耳朵來聽這種於己有利的說法。這大概是因為撒癔症比過正常的生活還快樂一些吧」——王小波《拒絕恭維》

非常慶幸我早早地受到了小波的啟發，時刻提醒自己也是經不起恭維的。現在社會上稱呼「老師」成風，我就覺得怪怪的，有肆意互相恭維的嫌疑，壞處和後果有多嚴重，這裡我來不及分析，反正我覺得這風氣不妙，所以這些年一而再再而三地拒絕別人稱我作家、老師、教父，希望大家都叫我森哥就好。除了虛長幾歲，被年輕人叫森哥我心安理得之外，任何不切實際的稱謂都有可能讓我忘了自己是誰，忘了生活的樂趣與身份稱謂無關，還得靠自己去尋找。

CHAPTER

20

第二十章

救世情節與白日夢

「現在有一種『中華文明將拯救世界』的說法正在一些文化人中悄然興起，這使我想起了我們年輕時的豪言壯語：我們要解放天下三分之二的受苦人，進而解放全人類。對於多數人來說，不過是說說而已，我倒有過實踐這種豪言壯語的機會。七〇年，我在雲南插隊，離邊境只有一步之遙，對面就是緬甸，只消步行半天，就可以過去參加緬共遊擊隊。有不少同學已經過去了──我有個同班的女同學就過去了，這對我是個很大的刺激──我也考慮自己要不要過去。過去以後可以解放緬甸的受苦人，然後再去解放三分之二的其他部分；但我又覺得這件事有點不對頭。有一夜，我抽了半條春城牌香煙，來考慮要不要過去。」──王小波《救世情節與白日夢》

幸虧，小波最終沒有越境，否則有犧牲的可能性，那我也就有可能看不到他後來的文章了。他在文章裡自稱很「蔫」，一個很「蔫」的人當時都產生了強烈的救世情節，幾乎還差一點行動了，可見當時的氛圍。又是二十年過去了，我們沒能用武力解放全人類，但救世情節似乎未滅。如今咱們有錢了，普通老百姓出國旅遊都喜歡自稱是順帶去救他國的經濟，茶餘飯後的言談之中，感覺遠至歐洲，強至美國現在經濟都一塌糊塗，排著隊巴望著中國人來救。

有一次在一個飯局上，一個五十出頭的餐飲老闆和一個會說一點中文的美國人碰上了，分別都是我的朋友，第一次照面，老闆就半開玩笑地對美國人說，你們欠我們那麼多錢什麼時候還呀，老外被問得一愣一愣的，我只好打圓場說，美國國債是我們自己買的，不算借錢，我們有那麼多外匯不買美國國債，也得買歐洲的或者日本的，美元放在自家國庫裡又生不了利息。老闆的弦外之音我知道，買你美國國債就是在救你，你們不可以不識好歹總說我們的壞話，否則我們就不救你去救聽話的人了。

算起來，這位老闆的年紀和小波差不多，救世情節濃厚可以理解，要知道，近一百年前，中國還積貧積弱的時候，梁啟超先生就說整個世界都要靠中國文化的精神去拯救呢。自己日子好過了，夢想著去解救別人當然是高尚的想法，但一邊「救」一邊嚷嚷未免顯得有點輕浮，還多少暴露了目的不夠純粹，從上面那位老闆的語氣裡就看得出附加了一些條件，聽起來不像是救，更像是交換。

結合王小波的說法，「解放的欲望可以分兩種，一種是真解放，比如曼德拉、聖雄甘地，他們是真正為了解放自己的人民而鬥爭。還有一種假解放，主要是想滿足自己的情緒，硬要去解救一些人。這種解放我叫它瞎浪漫。」我發現全世界現在都等著我們去解救似乎還是在滿足自己的情緒。至於為什麼老是有這樣的情緒需要被滿足，按上一篇文章的分析，我們是潛意識裡認定我們有優越之處沒有被及時肯定，放著那麼多自己的問題還沒得到很好的解決，日子稍微好過一點就環顧四周想要救別人，看來是急需幾句恭維話來肯定自己。

自信的人通常目光堅定，不左顧右盼，不依賴別人的肯定，民族也是。「中華文明將拯救世界」的說法背後不是文化自信，其心理有點像小朋友的以自我為中心，你們這幾個大人不許不把我當回事，我死了你們都活不成，會悲傷致死；也有點像一個小朋友喜歡信誓旦旦地說，你等著，我遲早證明給你看。也許這個比方不太恰當，反正我堅持認為，自己過好了，就是對社會有貢獻了，主觀為自己，不妨礙客觀上可能幫到別人，這樣想，怎麼做，動力持續而合理，還不至於招人懷疑，省得總要為自己的高調自圓其說；民族也是，中國人占了世界人口的五分之一，「中華文明將拯救世界」的意思應該是中華民族把自己給救了，就是對世界的最大貢獻。一個理性成熟的民族和一個理性成熟的人一樣應該清醒地知道，沒有人有義務拯救你，除了你自己。盼著別人來救，和老想著去救別人一樣，心智上都不能算成熟。

餘波未了

CHAPTER

21

第二十一章

承認的勇氣

小波認為，承認自己傻過，這是一種美德。看到小波這個說法的時候，我正年輕，當時心裡一驚，發現真是那麼回事，總覺得自己很聰明，而且能一直聰明下去，絕不會受愚弄。罵別人是傻×，那是張嘴就來，不費吹灰之力，內心從來就沒有想過自己是不是傻過，更別提公開承認自己是個傻×了。當時我已經看了小波的絕大部分文章，很信服他的觀點，既然小波說承認自己傻過是一種美德，我當然不介意趕緊暗自審視一下自己，結論出來得有點扭扭捏捏，那就是，雖然我很信服王小波，但還是沒覺得自己犯過什麼傻。

多年以後回想下來，我當時是真傻，犯了傻還全然不知。那之後因為自己犯傻帶來的後果不勝枚舉，而那時候會自以為是，完全是因為經歷有限，犯傻帶來的後果不痛不癢，沒感覺到。不承認自己傻過，就會一直傻下去，我現在終於在犯了很多傻，吃了很多教訓之後，逐漸變成了一個心智成熟的成年人了，那就是隨時準備承認自己又犯傻了，然後趕緊打住，想想問題出在哪兒，多在自己身上找原因，而不是把責任推給外部環境，因為推卸責任的本質還是不想承認自己會一時糊塗，可是外部環境既然能夠左右你，不正說明了你會一時犯傻了嗎?!

當然，如本文題目顯示，我們的文化裡，承認自己有弱點需要勇氣，基督教文化裡就沒這個問題，他自始至終告訴你，Everybody is weak，每個人都有弱點，是脆弱的，只有上帝是萬能的，既然我們都是人，有弱點，會犯傻，同樣的錯誤常常會犯，這都是再正常不過的事情了，沒什麼好藏著掖著的。知錯就改就算不能越變越聰明，至少可以讓人犯了傻之後坦然接受，不要那麼自責，一句呵呵，我真傻×就能饒了自己，開始新的一天。

「傻×（asshole）這個詞，多數美國人是給自己預備的。比方說，感覺自己遭人愚弄時，就會說：我覺得自己當了傻×（I feel like an asshole）！心情不好時更會說：我正捉摸我是哪一種傻×。自己遭人愚弄，就坦然承認，那個×說來雖然不雅，但我總覺得這種達觀的態度值得學習。相比之下，國人總不肯承認自己傻過，彷彿這樣就能使自己顯得聰明；除此之外，還要以審美的態度看待自己過去的醜態。像這種傻法，簡直連×都不配做了。」——王小波《承認的勇氣》

這麼看來，小波說承認自己傻過是一種美德就顯得頗有道理，因為第一，承認需要勇氣，勇氣背後是自信，一群自信的人才能構成一個美好的社會。你見過一個自信的人天天盯著別人的短處說三道四嗎？反正我自己堅信的東西就不喜歡跟人爭論，因為我堅信，殊途同歸是遲早的事情，我沒工夫耍嘴皮子去說服你，我的時間要用來把我堅信的東西做出來給別人看。就像優秀的科學家多不善言辭只埋頭做實驗，到時候拿出不容爭辯的結果給你看。我現在做的事情，就是在做實驗，每一個店都是我的實驗品，寫字只是業餘愛好。

第二，放過自己才可能放過別人，才不會一發現人家的一點傻×行徑就一口咬住不放，窮追猛打。傻×咱們誰沒當過呢，沒準你正在慷慨激昂地狂噴的時候，人家早就意識到了，被你們這一通圍攻之下反而起了逆反心理，偏要繼續傻×下去。這時候要考慮中國國情，你一上來不由分說罵別人傻×，當事人多半缺乏幽默感，會當真，不僅反感還會反抗，如此一來不僅不利於達成共識，還會結下心結，偏要死不悔改。所以，碰到傻×行徑，首先想想自己原來也這麼傻過，就容易放過別人了，我因為及時意識到自己常常犯傻，所以慢慢變得越來越寬容，以我自己的經驗看，意識到自己犯傻並進行修正，通常是靠自我學習而不是被教訓的結果，更不可能被你一「噴」就醒了。

最後，不承認一個事實，其實就是不誠實。長期以來，不誠實被普遍認為是能夠帶來利益的。上到改寫歷史，編造統治的合法性；下到假離婚，鑽制度的漏洞多買一套房。這些不良甚至惡劣的示範，導致我們嚴重低估了長期來看誠實可以給我們帶來的益處。大的方面誠實能夠大大優化和降低社會運行的成本，讓整個社會的更多人受益不說，從我自己過小日子來講，以誠待人讓我活得輕鬆自如，坦坦蕩蕩地，有益身心健康。

CHAPTER

22

第二十二章

個人尊嚴

小波在《個人尊嚴》裡說出了一個駭人聽聞的數字，「從上古到現代，數以億萬計的中國人裡，沒有幾個人有過屬於個人的尊嚴。」那為數不多幾個有過個人尊嚴的，當然是只能從歷朝歷代的皇帝裡出，而且還得是權利鞏固的真正的一把手。除此之外，哪怕一人之下萬人之上的宰相也不管用，說打屁股就打屁股，打完還得謝主隆恩。究其原因，法理上普天之下莫非王土，連土上生出來的所有小命都是皇帝的，何況尊嚴。生命保障都沒有，拿尊嚴換「活著」沒什麼不合理的。現在是人民共和國了，生命權受憲法保護，看起來不需要拿尊嚴去交換什麼了，但我怎麼覺得個人尊嚴還是被打了折扣呢？我們被折損的尊嚴被誰拿走了，或者說我們主動或者被迫地拿它去換了什麼呢？

王小波說，「人有無尊嚴，有一個簡單的判據，是看他被當作一個人還是一個東西來對待。這件事有點兩重性，其一是別人把你當作人還是東西，是你尊嚴之所在。其二是你把自己看成人還是東西，也是你的尊嚴所在。」按這個標準，我現在依然常常覺得尊嚴受損。比如在機場火車站這類公共場所，我就經常被人從背後推開，那種感覺就像我是一個擋道的垃圾桶。注意，我發牢騷的前提是，我在公共場所特別在意要守規則，就怕被人推搡，卻仍然老是碰到這種事。這和人多密度大沒關係，我要是趕時間需要超越別人衝出重圍，一定會騰出手輕輕碰一下超越對象，騰出嘴說好幾句「不好意思，借過一下，不好意思。」很簡單，我不願意被當成一個東西，也不會把任何人當作一個東西。至於為什麼會有人在公共場所的人群中橫衝直撞，把別人當成一個東西，我猜多半他自己被推的時候也是全然無感吧，不像我這麼嬌氣，矯情。

還有，我一天到晚到處飛，總能碰到有鄰座的人，飛機一起飛就開始不插耳機用Ipad看電視劇，倒楣這兩年流行抗日劇，從頭到尾劈劈啪啪亂打一氣，當事人看得津津有味完全不顧周圍坐的是人不是放的行李。每次我要是忍不了側頭去直視一會兒，希望提醒那人噪音干擾到了周圍人了，當事人通常的反應是，面無表情迴避我的目光，做行李狀。這是典型的不把別人當人，也不把自己當人。「說來也奇怪，中華禮儀之邦，一切尊嚴，都從整體和人與人的關係上定義，就是沒有個人的位置。一個人不在單位裡、不在家裡，不代表國家、民族，單獨存在時，居然不算一個人，就算是一塊肉。」王小波的這個說法，我再深入解釋一下，就是我不認識你的時候，也就是說我和你沒有任何關係的時候，你在我眼裡就是個東西，我不指望從一個東西那裡得到什麼尊重，自然也沒必要去尊重一個東西。

未余
了波
未余
了波
未余
了波
未余
了波
未余
了波
未余
了波
未余
了波
未余
了波
未余
了波

可見，個人作為尊嚴的基本單位至今還沒有得到普遍確認，又是二十年過去了，情形沒有質的改觀，甚至有倒退的跡象，我很難過。你還別不信，我有證據。比如「領導」這個稱呼現在被濫用。小波那個年代有段滿有名的相聲，裡面有個金句是「領導，冒號」，流傳了好幾年，相聲的內容是諷刺領導無能和官僚。那時候，「領導」基本等於傻帽，「老闆」和「老總」才是尊稱，說明下海經商是被推崇和尊重的，見到一個體面點的人，叫「某老闆」或者「某總」準沒錯。沒成想，十幾年過去了，「領導」回歸，成了放之四海皆準的尊稱，不僅政府機關不再稱呼科長、處長、局長，一律把上級稱為「領導」，銀行行長、學校校長也被稱為「領導」，甚至餐廳、夜總會的服務員也都把客人統統稱為「領導」。原來的老闆們呢？現在都蹲在馬路邊了，我們現在把那些蹲在馬路邊等零活的水電工都叫「老闆」；原來的老總們呢，現在每個辦公室裡都一堆，我們公司的年輕人就喜歡互稱「某總」。

這是什麼個意思？「領導」最大？我可不是神經過敏，稱呼「老闆」和「老總」通常體現不出從屬關係，而稱呼「領導」顯然就是承認自己「被領導」，高低之分馬上凸顯出來了。「領導」無處不在的背後明顯是權力至上的官本位抬頭。你們看，自願甘當「被領導」者，每次酒桌上酒杯舉起要碰杯的時候，總是拼命把酒杯往下方移，生怕無法盡顯你高我低的身份落差，我說這是幹嘛呢？這絕不是正常的禮節。我不能排除有些人只是默認這個不良風氣，誤以為這只是表示尊重，並沒有什麼處心積慮在裡面，但很顯然，這種風氣的起點就是在折損尊嚴希望換取利益，因為利益來自於權力似乎又成了社會的普遍共識。

不好意思，扯得有點遠了，我現在開咖啡館，鼓勵年輕人做點小生意，背後其實就有關於個人尊嚴的考量。小生意嘛，不需要調動什麼龐大的社會資源，誠信出品，誠意待人就足以維繫一群好客人。小小的公共空間裡，各自保持尊嚴，大家人人平等，多好。希望越來越多這樣的公共空間能夠喚醒更多人的公共意識，而公共意識裡面潛藏著個人尊嚴的集體意識。

CHAPTER

23

第二十三章

關於崇高

「在七十年代，人們說，大公無私就是崇高之所在。為公前進一步死，強過了為私後退半步生。這是不講道理的：我們都死了，誰來幹活呢？在煽情的倫理流行之時，人所共知的虛偽無所不在；因為照那些高調去生活，不是累死就是餓死——高調加虛偽才能構成一種可行的生活方式。」——王小波《關於崇高》

小波在文章裡一針見血地告訴大家，高調加虛偽才能構成一種可行的生活方式。記得前兩年，在一年一度的「雷鋒」紀念日那一天，有一條微博被瘋狂轉發，迎來點讚無數，內容大約是「學雷鋒，學雷鋒，學你媽個逼，你們都在學和珅，讓老子學雷鋒?!」微博配圖是當年被揪出來的一堆貪官。簡單幾句話，沒有像其他有些人去質疑「雷鋒」存在的真實性，而是在說，高調通常是無法踐行的，都必須靠虛偽來支撐，除非唱高調的人和幹傻事的人永遠是兩撥人。

「雷鋒」是不是真有其人，是不是傻不在這裡討論，誰不喜歡這社會多一點「雷鋒」，跟蜘蛛俠似的，哪裡需要幫助他就出現在哪裡。只可惜電影裡看看還可以，這麼期望別人大公無私，隨叫隨到，我覺得這樣不好；自己做不到的事情，指望別人去做，這樣不厚道。以我的觀察，又過了二十年，現在人們的普遍共識是，如果真有「雷鋒」這麼個軍人，他平時能夠軍容整潔，好好訓練就算完成本職工作了，如果出現自然災害，還能夠聽指揮及時趕到現場施以援手就肯定是個好兵。不需要還利用休息時間到處給人理髮，理髮的事情理髮店會處理，大家都是普通人，誰說一個好兵就不需要休息呢。

我的看法是，一個文明社會的優質運轉靠的是完善的第三產業，鼓勵人去做「雷鋒」不厚道，願意做的人自然會去做。我最近就在微博上看到有一個年輕的烘焙師利用春節假期去馬拉威，一個非洲小國做了一周義工。「今年春節本來沒有任何計畫，打算在上海簡單過。年底突然聽到一個去馬拉威孤兒學校做義工的行程，馬上就報了名。沒想太多，也沒什麼特別的目的，只是覺得應該會是個很有意義的體驗。從決定到出發才兩周多的時間。」你看，字裡行間我沒看出當事人有學「雷鋒」的崇高情節，更不是受人鼓動。從他每天發出的微博和圖片能夠感覺得到，他心情不錯，體驗滿意，評論裡也沒有人出來質問他幹嘛放著中國孩子不幫捨近求遠。倒是有不少人在問怎麼才能得到這樣的機會，當事人也在微博裡發佈了申請的管道。

這幾年身邊發生這樣的事情不少，相信以後會越來越多，不是學「雷鋒」，只是做自己，不為追求崇高，就為了自己覺得有意義，有意思。崇高這事兒我覺得還是存在的，但

「崇高」這個詞兒好像已經在年輕人的話語裡消失了，這是不是對「偽崇高」高調的逆反我不敢下結論，但這一代人拒絕虛偽，願意活得真實是肯定的。這幾年辦學下來，贏得了很多學員的尊敬甚至感激，弄得我都不好意思了，所以我常調侃說自己是「騙了錢還騙了感情」。我的意思是，收了人家錢，知無不言言無不盡幫人解決問題天經地義，還能贏得感激就真的是收益加倍了。

最後，厚著臉皮拷貝一段我印象深刻，名為「拒絕崇高」的演講稿裡的一段，出自一位老師，網上看來的，說得比我好：「既然我們只是以教書為職業的普通人，那麼就讓我們做一個平凡的人，一個誠實的人，一個正直的人，一個純粹的人，一個遵紀守法的人，一個勤勞本分的人，一個寬厚和善的人……並通過我們的言行去影響孩子們，而不是在講臺上宣講著崇高，卻在背地裡幹著猥瑣的勾當！所以，讓那些口號似的崇高和偉大見鬼去吧！我們只需要在心裡問自己說：每天早上八點一刻你按時到校了嗎？每天課上的四十五分鐘你盡職盡責了嗎？每天孩子們上交的作業你認真批閱了嗎？如果做到了，那麼我們便可以在每個夜晚來臨時心安理得地睡去，我們便無愧於良好的師風師德！」

畫蛇添足再加一句，人們對崇高的懷疑和拒絕，和道德水準下滑一毛錢關係都沒有；人們普遍憂慮的道德水準下滑，其實是「偽崇高」的虛偽被揭穿之後的陣痛。一個社會的良性運轉，靠的不是各種高調，靠的是各行各業的職業精神和對職業精神的肯定。

CHAPTER

24

第二十四章

我怎樣做青年的思想工作

「取得了這個成功之後，這幾天我正在飄飄然，覺得有了一技之長。誰家有不聽話的孩子都可以交給我說服，我也準備收點費，除寫作之外，開闢個第二職業——職業思想工作者。但本文的目的卻不是吹噓我有這種本領，給自己做廣告。而是要說明，思想工作有各種各樣的做法。本文所示就是其中的一種：把正面說服和黑色幽默結合起來，馬上就開闢了一片新天地……」看得出來，小波是在調侃自己，其實小波《我怎樣做青年的思想工作》這篇文章一開頭就告訴我們，他是受人之託迫不得已才去做思想工作的，因為對象是自己的親外甥。

小波勸外甥好好在清華大學念書，放棄搞搖滾樂的理由是：「不錯，痛苦是藝術的源泉；但也不必是你的痛苦；別人的痛苦才是你藝術的源泉；而你去受苦，只會成為別人的藝術源泉。」沒想到，「雖然我自己並不真這麼想，但我把外甥說服了。」你看，小波得意的不是自己給出的理由，而是說服的方法。我猜想，要是他讀清華大學的外甥當時要是立志要成為一個作家，父母認為不靠譜也來求小波去做思想工作，小波也一定能夠不辱使命。因為他知道，方法有時候比觀點還重要，尤其是對年輕人。

前不久，我在飛機上就聽到一個年輕人在電話裡向同學訴苦，因為飛機剛停穩大家擠在一起等待下飛機動彈不得，所以完全無法迴避，真真切切地聽到了全部。小夥子幾近悲憤地吐槽他的父母幾年來除了「我們是為你好」還是「我們這是為你好」，對他的任何想法和提議一律回絕，既不給出任何理據，也沒有任何商量餘地，不聽話會怎麼不好完全不在討論範圍，更讓小夥子受不了的是，發生這種爭論的時候，父母通常還是在打麻將，一邊摸牌，一邊簡單粗暴地不容置疑。小夥子最後幾乎是帶著哭腔對著電話裡喊，是的，我是他們生的，但生命是我自己的，與其這樣不能按自己的想法生活還不如不要把我帶到這個世界上來。

最後這句話讓我渾身一激靈，好在他還有個傾訴對象。從這個小夥子的無助，想到我的讀者年輕人居多，我倒很想說說「怎樣做老年的思想工作」，希望年輕人們看了有所啟發。剛才的案例顯示，那對父母顯然是剛愎自用，方法不妥，不管初衷多麼善良，從效果看不僅不好，還帶來了嚴重的負面效果。我能夠聽得出來，這小夥子的父母大概是讀書不多的生意人，估計是拿不出什麼像樣的理據只能守著最後的「權威」，「為你好」最後幾乎也成了束手無策的哀求。這樣的情形我年輕的時候也差不多，父母倒是讀過書，但那個年代沒有講道理的氛圍，加上想像力也有限，對我自然也是一貫的凡事沒商量，容不得半點質疑。

面對這樣的霸權主義，高中之前我是敢怒不敢言，因為代價很大，試了幾次，結果都是被皮帶抽得遍體鱗傷。上了高中之後，我的說服方法一下子頓悟出來了——那就是不說只做。因為，尤其是我那個年代，想說服長輩的難度比現在可高多了。所以，我當時的覺悟就是，與其費口舌去「自取其辱」，不如自己有什麼想法就偷偷去做。比如我想去旅行，那時候家家都窮，靠談判談出點經費，我想都不想，直接想辦法利用假期打工賺錢，錢攢夠了編個聽起來合理的理由就出發了。一次兩次三次之後，父母即便發現被騙了，但同時也發現你本事見長，那也是他們樂見的事實，再以後，硬要替你拿主意的硬氣就會逐漸減弱了。

在西方，大多數父母巴不得你有自己的主見，學校也是朝這個方向訓練的。可在中國，這種風氣開始有了，但還沒那麼普遍，很多年輕人還得靠自己。我的意思，在社會普遍共識沒有達成之前，如果你運氣不好碰到強勢霸道的父母，想靠跟父母談判來實現自己的人生主導權，可能性還是不太高，不論你怎麼說，在他們眼裡都是幼稚的，說多了就演變成爭吵，無益於解決問題。我的建議是，語言相對行動總是蒼白無力的，除了違法的事情咱不能幹，只要能夠證明自己還行的小事兒多多益善，向父母證明自己還行需要一件件小事的累計，需要一點時間。什麼嘗試性的行動都沒有，到最後把一事無成的責任全推給父母的不支持不理解不同意，這當然容易，但這樣對不起自己。時不我待呀，趁年輕，越早證明自己可以做成點兒事越好，行動才是最有說服力的「思想工作」。

CHAPTER

25

第二十五章 舊片重溫

現在的年輕人不能想像小波經歷的文革年代，在審查制度極嚴，電影作品本來就不多的背景下，大多數的電影仍然被眼睛雪亮的人民群眾指出隱含了反動的寓意。小波調侃說，因為那時候年紀小，覺悟不高，「幾乎所有的電影都被猜出了問題，但沒有一條是我能看出來的。最後只剩下了『三戰一哈』還能演。三戰是《地道戰》、《地雷戰》、《南征北戰》，大多不是文藝片，是軍事教育片。這『一哈』是有關一位當時客居我國的親王的新聞片，這位親王帶著他的夫人，一位風姿綽約的公主，在我國各地遊覽，片子是彩色的，蠻好看，上點年紀的讀者可能還記得。除此之外，就是《新聞簡報》，這是黑白片，內容千篇一律，一點不好看。有一個流行於七十年代的順口溜，對各國電影做出了概括：朝鮮電影，又哭又笑；日本電影，內部賣票；羅馬尼亞電影，莫名其妙；中國電影，《新聞簡報》。這個概括是不正確的，起碼對我國概括得不正確。當時的中國電影，除《新聞簡報》，還剩了點別的。」

「有一種河南出產的香煙「黃金葉」，商標是一張煙葉，葉子上脈絡縱橫，花裡胡哨。紅衛兵從這張煙葉上看出有十幾條反動標語，還有蔣介石的頭像。我找來一張「黃金葉」的煙盒，對著它端詳起來，橫著看、豎著看，一條也沒看出來。不知不覺，大白天的落了枕，疼痛難當，脖子歪了好幾個月。好在年齡小，還能正過來。」——王小波《舊片重溫》

小波用這樣的黑色幽默反諷那個胡亂猜疑的時代，現在的年輕人看了估計有點雲裡霧裡，甚至可能會有點懷疑幾十年前咱們這裡真的是這樣嗎？我來證明，是真的，因為我雖然沒有經歷過那個時代，但是我就有瞎猜的惡習，老想從雞蛋裡挑出骨頭，顯出自己能幹來，我知道這樣很不好，但好像就是上面說的遺毒上了身，有點改不了了。

比如，幾年前有部電影《滿城盡帶黃金甲》，張藝謀的大作之一。周杰倫、鞏俐、劉燁、周潤發都在裡面，幾個演員都挺好，尤其是周潤發，從《上海灘》裡面的「許文強」開始就是我的偶像。可是，這部電影裡導演讓我的偶像周潤發演的皇帝從頭到尾反覆說一句臺詞「我不給，你不能搶」，意思是皇位遲早會給你的，不是大皇子，就是二皇子，三皇子也有希望，但是「我不給，你們不能搶」。現在的年輕人肯定看完沒覺得這臺詞有什麼問題，可我這瞎猜的毛病又犯了，怎麼就聽著那麼不順耳呢，我從這句臺詞裡猜出了導演險惡的用心——什麼天賦人權，都是狗屁，都老老實實等著吧，等老子想通了再

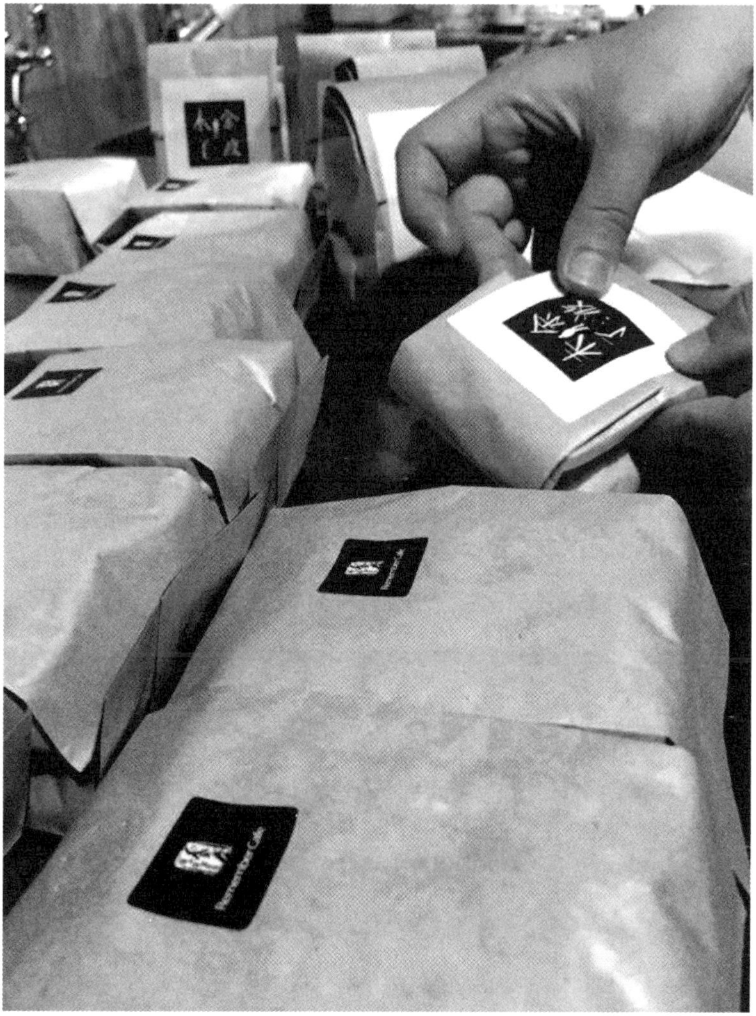

說。你看看，我這胡亂猜疑的毛病讓我自己都討厭，看部電影都能給自己找不痛快。

再比如，姜文的一部電影《讓子彈飛》，也有周潤發，演一個惡霸，姜文在裡面演土匪。這部電影票房不錯，看了的人都說好看。可我又從臺詞裡猜出了點東西，而且因此對姜文大加讚賞。電影裡周潤發演的惡霸被姜文處死前不解地問土匪姜文，為什麼非要跑來針對他，是為了錢呢，還是為了針對他這個人，姜文演的土匪回答棒極了，「錢對我不重要，你對我也不重要，但是，沒有你對我很重要。」說得太棒了！我從這句臺詞裡聽出了對強權的憎惡，進而還認為這句臺詞畫龍點睛，是本片想表達的主旨。我帶著激動之情問過很多看過這部電影的人，他們都沒注意到這句臺詞，更沒有像我這樣瞎猜導演的寓意。實在對不住，也許人家姜文本來沒這意思，就算有，大家都沒看出來豈不是枉費了心機。哎，反正我這瞎猜的毛病算是改不了了。

扯了這麼多，是想說，我也覺得猜來猜去挺沒意思的，我也不願意這樣。但是，我們這裡還是有很多東西不能隨便說，微博上也好，電影裡也好，書裡面也好，誰要想直截了當地說，免不了還是會被刪、被斃、被禁，這就讓人免不了看到點什麼看起來像是符合自己心意的說法就開始意淫。將來有一天，人人都想說什麼就說什麼，不至因言獲罪的時候，估計我這瞎猜的毛病可能才有救啊。

CHAPTER

26

第二十六章

打工經歷

重讀小波這篇《打工經歷》，忍不住又笑了起來，小波的幽默我這輩子只有崇拜的份兒啊。接著就是忍不住又長籲短歎，小波要是還在，我就能源源不斷地看到好文章、好故事，那該多好啊。小波寫文章有個宗旨，就是「先把文章寫好看了再說，別的就管他媽的。」這篇文章我就覺得很好看，小波用他在美國打零工的故事傳達的意思我理解為，人幹活的時候要善用工具，不能蠻幹，工具用得得當，幹活事半功倍，為了省點錢明明有工具不用，一個本來很聰明的人淪為工具不說，事倍功半活還出不來，甚至還有損尊嚴。

關於工具的使用，克林・伊斯威特二〇〇八年有部電影叫《老爺車》，裡面他演的退伍老兵把鄰居亞裔男孩帶到自己的工具房顯擺自己的一大堆工具，特別強調了一番，工具對男人的重要性，甚至好像還說了，不會使用工具的男人不夠MAN，具體是不是這麼說的，我記不得了，反正當時很有同感。中國人在這個方面一直有不同的看法，「勞心者治人，勞力者治於人」，這是對幹體力活者的明顯歧視。我年輕的時候也中了這種毒，也覺得管理別人的工作才算體面，所以當年我在工廠裡打工打到科長位置，可以管那麼十幾個人的時候，心裡暗暗得意了好多天。

幸運的是，好景不長，我這種無聊的優越感很快就消失殆盡了。因為從管別人這件事上得到的優越感完全可以和被人管的委屈相抵消。人人生來平等，尊卑有序這玩意把人分成了三六九等，個人想要贏得尊重往往仰仗他所處的等級而不是真的本事，這麼安排我覺得不合理。這幾年我大力鼓吹「自雇傭」，教年輕人學手藝，鼓勵年輕人靠自己的手藝給自己開個小店，自己雇傭自己，不治人，也不受人治，理論基礎就是機構組織越大越會產生森嚴的等級，難免就跟隨著以權壓人，頤指氣使，面目可憎。這個世界越扁平化，越有助於摧毀等級，實現人人平等。小的是美好的。

人人會一門手藝，靠為這個社會提供參差多態的產品和服務來贏得尊重，這樣的尊嚴是別人拿不走的，踏實。這幾年，「匠人」這個詞越來越多地被人推崇，說明中國人的觀念也在慢慢改變，五年來，我們的咖啡學校裡就不乏高級白領和留學生海歸主動放棄靠腦吃飯甘願將來靠雙手吃飯。這麼說好像也不太準確，如今的社會越來越講究手腦並用，觀念、手藝、審美都不可或缺。

從小波的打工經歷到我的打工經歷，又從工具說到手藝，自己都覺得亂了。還是回到題目《打工經歷》吧，我從當年沒有選擇，被迫去打工，到覺得自己特別適合打工，到現在自己給自己打工，整個過程有一個詞始終貫穿其中，那就是尊嚴。給人打工的時候，我很少考慮薪水的事情，只求對得起自己手上的工作，寧可多做絕不偷懶，這關乎尊嚴，我可不願意因為偷懶被人發現而招來鄙視的眼神。當時我是在臺資鞋廠打工，有些也是大學學歷的同事喜歡說一個詞叫「騎驢找馬」，他們覺得眼前這份工作看不上，只是個過渡，於是有了偷懶的藉口。我很懷疑這種做法的合理性，要是下一份工作也不太滿意就繼續懈怠下去嗎？受害的恐怕首先是自己吧，做好每一份工作本身是對自己職業素養的訓練，待價而沽拿多少錢出多少力，有把自己工具化的嫌疑。何況，畢竟經歷是自己的，不良習慣養成了，後面自己想好好做事，或者替自己做事的時候，恐怕也難得其法。

因為發現自己不喜歡管人，所以現在自己有公司了反而心裡很想去給別人打工。最近幾年，我最推崇的是自己給自己打工，我們的咖啡學校就教這個。如今科技發達，商業發達，網路化，智慧化是不可逆轉的趨勢，人很多方面沒法跟機器比，導致有些人開始沮喪。要我看，不必過於擔心，手藝這東西可能是我們要回歸的方向，尤其是帶有溫度的手藝，我們不應該害怕冰冷的機器，人情味機器終歸是做不出的。建議年輕人多花點時間學些這樣的手藝，不管社會怎麼發展，怎麼變化，靠手藝自己給自己打工不僅能夠養活自己，還容易保持尊嚴。

餘波未了

CHAPTER

27

第二十七章

人為什麼活著

其實《人為什麼活著》是小波給當時的女朋友，後來的夫人李銀河女士的一封信，是在回答李銀河提出的問題，人為什麼活著。「你問我人為什麼活著，我哪能知道啊？我又不是牧師。釋加牟尼為了解決這個問題出了家，結果得到的結論是人活著為了涅磐，就是死。這簡直近乎開玩笑了。」看來，這個問題真的是難。「總之，我認為人不應當忽視自己，生活就是自己啊。總要無愧於自己才好。比方說我要無愧於自己就要好好地愛你才對。也不能讓人家來造自己，誰要來造我我都不幹。有人要我們這樣要我們那樣，我們就不知道什麼是生活本身了……」

我截取這一段當然是同意小波的說法，但還是沒看到正面回答「人為什麼活著」。小波的那個年代流行一個簡單化的解答思路，人活著是為別人還是為自己，二選一。人活著為別人當時被認為是正確答案，大公無私被鼓吹就是個證明，但因為鼓吹過了頭，到了走火入魔的境地，很快認知就走向了反面，人活著就是為了自己成了心照不宣的做法。所以說這個問題不能如上簡單化地去解答，我自己的體會是關於這個問題的答案老是在變。

相信每個人年輕的時候都想過這個問題，不管有沒有答案絕大多數人都活著，邊活邊想吧。也有人想不出答案就直接把自己弄死了，老實說我至今對這種人心存敬意。因為我年輕的時候想這個問題就鑽進了死胡同，實在想不出活著的意義，又不敢找人請教和討論這個敏感問題，覺得有點犯忌諱。而且萬一還是找不到答案，難道真的去死嗎？現在想起來都有點後怕，我從開始思考這個問題的高中時代開始，突然從一個膽小如鼠的人變成了一個膽大妄為、好冒風險的人。偷偷告訴大家，我當時的想法是，既然為什麼活著老想不明白，做點以前不敢做的事情，冒冒險，好歹出個風頭，死球了也無所謂。

我上一本書《夢想是這樣成真的》裡面提到了神農架探險之旅其實就是這樣一次冒險，動機之一就是我剛才所交代的。幸運啊，這一趟冒險不僅活著回來了，好像還悟出了點什麼。那就是我們完全可以換一個角度去面對這個問題，把「人為什麼活著」改成「我不想為什麼東西活著」。這樣一來，我連自己的病根都找到了——當時我之所以想不明白「人為什麼活著」，是因為長那麼大就沒看到「活著」這件事有多大個意思，年少輕狂的我覺得柴米油鹽，上班下班，家長里短，一眼看得到頭的生命多沒意思啊！於是冒險其實就是我不想為這些東西活著的逆反，而一次次逆反的過程和結果是我發現了有意思的事情。

好險！如果那時候真把自己弄死了就太可惜了，因為後來我發現了很多有意思的事情。神農架之行當時給了一條清晰可見的線索，「人為什麼活著」，很簡單，人活著就得尋找活下去的理由，一直找下去，到死為止。這個問題在我看來，沒有一個簡單化的答案，年輕的時候號稱為了愛人活著，為了得到愛人的芳心，努力把自己活成個人物，這沒錯啊，沒什麼不好意思承認的；步入中年了，有人說是為子女活著，管他是不是唱高調，願意自圓其說就好；等子女長大成人了，有人說是時候回報一下社會了，這當然好。生命本無意義，就等著我們去賦予他意義。

小波說，「人活著總要無愧於自己才好。」從神農架之行到現在，我一直是這麼活著的，尋找生命意義的過程本身賦予了生命意義。每當厭倦的時候，我就趕緊再來一次排除法，把「我不想為什麼活著」一一理出來，儘快扔掉，實在扔不掉的，至少把它罩起來，不讓它恣意蔓延，由它慢慢萎縮。往往都是在同時，有意思的想法和有趣的事情就不經意地出現了，誇張一點說，活下去的理由就又有了。哈哈，這麼說，搞得像是我隨時都在準備去死似的。你別說，我的確寫過一篇文章叫《二〇一二快點來吧》，意思是我才不擔心什麼世界末日會不會來，什麼時候來，因為，那一刻來的時候，我肯定在做自己覺得有意思、有意義的事情，上帝突然喊停，那就停咯，反正我無愧於自己的一生，長一點是一生，短一點也是一生，過程比結局重要，這是我一貫的樂觀。

CHAPTER

28

第二十八章

擺脫童稚狀態

「當然，人們給所謂色情作品定下的罪名不僅是腐蝕青少年，而且是腐蝕社會。在這方面《性社會學》裡有一個例子，就是六十年代的丹麥試驗，一九六七年，丹麥開放了色情文學（真正的色情文學）作品，一九六九年開放了色情照片，規定色情作品可以生產，並出售給十六歲以上的公民。這項試驗有了兩項重要結果：其一是，丹麥人只是在初開禁時買了一些色情品，後來就不買或是很少買，以致在開禁幾年後，所有的色情商店從哥本哈根居民區絕跡，目前只在兩個小小的地區還在營業，而且只靠旅遊者生存。本書作者對此的結論是：「人有多種興趣，性只是其中的一種，色情品又只是其中一個小小的側面。幾乎沒有人會把性當作自己的主要生活興趣，把色情品當作自己的主要生活興趣的人就更少見。丹麥試驗的第二個重大發現是色情業的開放對某些類型的犯罪有重大影響。猥褻兒童發案率下降了百分之八十，露陰癖也有大幅度下降。暴力污辱罪（強姦，猥褻）也減少了。其它犯罪數沒有改變。這個例子說明色情作品的開放會減少而不是增加性犯罪，筆者引述這個例子，並不是主張什麼，只是說明有此一事實而已。」——王小波《擺脫童稚狀態》

小波的這篇文章是從他夫人李銀河翻譯的《性社會學》開始討論的，截取上面一段，是因為我知道作為社會學家的李銀河女士至今還在基於上述理論呼籲「賣淫去罪化」，但沒見什麼效果，所以我一會兒也懶得談和性有關的事情。小波在這篇文章裡進一步說，如果因為社會上總會存在著一些沒有鑑賞力或沒有專業知識的讀者，為了避免一本書「禍害」他們就不許出版，那麼不論從作者的角度，還是讀者的角度，書刊審查這種就低不就高的原則都有損於一個社會的知識環境。通俗地講就是成年人有成年人的志趣和判斷力，不希望自己老是被當成小孩子來餵養，那樣永遠也擺脫不了童稚狀態。

小波二十年前提出的這種童稚狀態，我的觀察是依然普遍存在。理論上當然和依然嚴密的審查制度有關，但是在一個網路如此發達，人們獲取資訊的方式從單向已經進展到雙向的網路資訊時代，顯然還有別的原因。不得不承認，即便現在幾乎沒有你想獲取而不得的資訊和知識（大不了翻牆嘛），仍然有為數不少的年輕人從眾心理嚴重，懶得探索，自願停留在童稚狀態而不自知。而造成這種現象的原因我認為和家庭教育有關。我試著舉幾個例子看看能不能證明我的說法。

比如，幾年前一位法國女友人告訴我一個現象，說她發現有不少三十歲左右的中國女性在自己的私家車裡放卡通布娃娃，有些還放了一排。她覺得很奇怪問我原因，我本沒有在意觀察，想了一下敷衍說，應該是童心未泯吧。不愧是來自社會學的發源地，這位法國女士不同意我的看法，她說，女人到了這個年紀，應該有新的與之相匹配的喜好和審美，在法國，女人車裡都簡簡單單，乾乾淨淨的，不放什麼裝飾，言下之意她的結論是中國女人的這種現象可以解釋為審美和喜歡沒有及時升級，屬於心智不成熟。

當時我沒在意她的說法，現在想想覺得好像有道理，因為我最近被「本寶寶」，「嚇死寶寶了」這類成年人老掛在嘴上的童稚化語言搞得挺膩歪的。這才發現這兩種現象有某種聯繫。一個半大不小的姑娘這麼自稱「寶寶」也就罷了，怎麼連大老爺們也能張嘴就來啊。表面上，我們可以理解為，現在社會壓力越來越大，成年人也需要偶爾擺脫一下真實身份，扮演一下兒童，以求短暫的無壓環境。但這背後是不是隱藏著這樣的邏輯，成年人付出和回報必須成正比，扮演成兒童之後，可以獲得類似母愛的無條件喜愛、包容、呵護、及原諒。如果真是出於這樣的意識，那就是很嚴重的童稚狀態。真希望我這又是想多了。

如果這兩個例子還不足以說明童稚狀態仍然普遍存在，那請看：「中國中流的家庭，教孩子大抵只有兩種方法。其一，是任其跋扈，一點也不管，罵人固可，打人亦無不可，在門內或門前是暴王，但到外面，便如失了網的蜘蛛一般，立刻毫無能力。其二，是終日給以冷遇或呵斥，甚至於打撲，使他畏葸、退縮，彷彿一個奴才、一個傀儡，然而父母卻美其名曰「聽話」，自以為是教育的成功，待到放他到外面來，則如暫出樊籠的小禽，他決不會飛鳴，也不會跳躍。」——魯迅

這是魯迅的一篇小文《上海的兒童》裡的一段，我認為這樣的家庭教育方式是童稚狀態的根源，我們看看現在的孩子，生長的環境和魯迅先生的描述有沒有質的改進呢？如果有，那我馬上承認，我錯了。

CHAPTER

29

第二十九章 我厭惡模式化的生活

「要說模式化的生活，我可真膩味它。見也見煩了，且不說它的苦處……我發誓：在改造自己以適應於社會之前非先明辨是非不可，雖然我不以為自己有資格可以為別人明辨是非。」這也是小波給李銀河女士的一封信裡的一段，他們在討論他倆都不喜歡模式化生活。我也不喜歡，所以我喜歡王小波的態度，更重要的是，小波不是表達完討厭就完了，他還指出了如何不陷入模式化的生活——「人們懶於改造世界必然勤於改造自己，懶於改造生產方式，對了，懶於進行思想勞動必然勤於體力勞動，懶於創造性的思想活動必然勤於死記硬背……比方說你我，決不該為了中國人改造自己，否則太糊塗。比方說中國孩子太多，生孩子極吃苦頭，但是人們為什麼非生不可呢？我猜是因為（一）大家都生，（二）怕老了，（三）現在不生以後生不了。」——王小波《我厭惡模式化的生活》

你看，小波提到了決不能因為大家都生孩子於是咱也生一個，他還提到了自己先要辨明是非之後才決定按自認為對的方式去生活。我也同意他說的「不認為自己有資格為別人明辨是非」，所以我也覺得不要生孩子好，但並不推薦給其他人。可惜我是遇見小波之後才把這個問題想明白的，那時候兒子都兩歲了。我不怕兒子看到這個，我們一直相處得很好，我當然也不後悔年紀輕輕稀里糊塗地模式化了一把。

幸運的是，在這個問題上，我雖然不小心模式化了，但很快就跳出了模式化的思維。你看，我從不把什麼養育之恩掛在嘴上，因為孩子是被我帶到這個世界上來的，事先我可沒有徵求他的意見。因此，把他撫養成人是我的義務和責任，談不上什麼恩德。撫養的過程中，我得到了和幹別的事情完全不一樣的快樂和成就感，雖然付出不少，但我認為沒什麼可說的，算扯平了。十八歲以後身心健康的他屬於他自己，是完全自由的，沒欠我什麼。

我特別反對「養兒防老」這個說法，聽到就膩，很模式化。一個生命來到這個世界的目的無他，就是好好生活，創造美好生活。反正我要是知道我來到這個世界的使命是給人養老，我可能就不想來了。現代社會，養老應該是社會問題，不是家庭問題，一個人為社會服務了四十年，社會就應該能夠有合理的機制供養他的餘生。農耕文明的時代，生產力低下，人們不敢想像，有「養兒防老」的想法情有可原，現在還這麼想，就有點卑鄙了。

我猜很多家長老是強迫子女聽他們的規畫和安排，骨子裡就是覺得這樣的規畫和安排比較保險，比較有可能升官發財，只有升官發財了，自己的養老才會有踏實的著落。嘴上說「為你好」，自己才是最大受益者吧，否則怎麼解釋孩子不願意聽從安排他們就要翻臉呢，怎麼解釋孩子明明不快樂他們也無動於衷呢。現代社會進步這麼快，父母非要強詞奪理說自己是過來人，判斷會比孩子靠譜，恐怕也說不通了吧。我就跟我兒子說過，你將來要想賺大錢，過好日子，從事的那件事情最好是我看不懂的，因為我都看懂了，既比你更有錢，又比你有資源，還比你有人脈，如果我這樣的老傢伙也都來幹這事兒，你幹成的機會不就大大降低了嗎?!

討厭模式化生活觸及到生孩子的問題風險很高，涉及到傳統和倫理不容易說清楚，還是到此為止吧。我那麼排斥模式化生活，根本原因其實是它缺乏創造性，無法創造出參差之美，就算我創造不出來，我也指望別人能夠創造出來，多多益善，能讓我欣賞一下也好。試想，如果大家都懶得創造，不僅社會不會進步，我不能坐享其成，更可怕的是，同質化的人和生活方式會形成一種力量，甚至是霸權，想著要去同化那些蠢蠢欲動的人。比如，人家都結婚了，你怎麼還單身呢？正常的邏輯是，「人家都結婚了」和「我也應該結婚」之間沒什麼關係，可問題是，「人家都結婚了」這麼一個破理由竟然常常就得逞了，搞得一些意志薄弱的可憐蟲稀里糊塗就妥協了，掉進了自己其實不想就範的模式化。

所以，模式化最可怕的不是既成事實，某種程度上我們還要感謝一些自願選擇模式化生活的人，比如一個廉潔的公務員。最可怕，也最可惡的是模式化的思維方式，它是妨礙這個世界變得豐富多彩的惡勢力。我現在越來越老了，估計很難再創造什麼新花樣了，但是我樂見別人跳出模式化的生活，大膽嘗試，哪怕醜態百出我也真心鼓掌。

CHAPTER

30

第三十章 對待知識的態度

《對待知識的態度》這個話題有點大，我一向不是個好學生，頂多算一個還保有一些好奇心的人，所以對這個問題沒什麼延伸思考，小波說的我全都同意。而且不論社會怎麼發展，知識怎麼推陳出新，對待知識的正確態度總是擺在那兒的，小波表達的比我清晰，這裡我就不多說什麼了，請看：

「我年輕時當過知青，當時沒有什麼知識，就被當作知識份子送到鄉下去插隊。插隊的生活很艱苦，白天要下地幹活，天黑以後，插友要玩，打撲克，下象棋。我當然都參加——這些事你不參加，就會被看作怪人。玩到夜裡十一二點，別人都累了，睡了，我還不睡，還要看一會兒書，有時還要做幾道幾何題。假如同屋的人反對我點燈，我就到外面去看書。我插隊的地方地處北迴歸線上，海拔二千四百米。夜裡月亮像個大銀盆一樣耀眼，在月光下完全可以看書——當然，看久了眼睛有點發花——時隔二十多年，當時的情景歷歷在目。

如今，我早已過了不惑之年。舊事重提，不是為了誇耀自己是如何的自幼有志於學。

現在的高中生為了考大學，一樣也在熬燈頭，甚至比我當年熬得還要苦。我舉自己作為例子，是為了說明知識本身是多麼的誘人。當年文化知識不能成為飯碗，也不能誇耀於人，但有一些青年對它還是有興趣，這說明學習本身就可成立為一種生活方式。學習文史知識目的在於「溫故」，有文史修養的人生活在從過去到現代一個漫長的時間段裡。學習科學知識目的在於「知新」，有科學知識的人可以預見將來，他生活在從現在到廣闊無垠的未來。假如你什麼都不學習，那就只能生活在現時現世的一個小圈子裡，狹窄得很。為了說明這一點，讓我來舉個例子。

在歐洲的內卡河畔，有座美麗的城市。在河的一岸是歷史悠久的大學城。這座大學的歷史，在全世界好像是排第三位——單是這所學校，本身就有無窮無盡的故事。另一岸陡峭的山坡上，矗立著一座城堡的廢墟，宮牆上還有炸藥炸開的大窟窿。照我這樣一說很是沒勁，但你若去問一個海德堡人，他就會告訴你，二百年前法國大軍來進攻這座宮堡的情景：法軍的擲彈兵如何攻下了外層工事，工兵又是怎樣開始爆破——在這片山坡上，何處是炮陣地，何處是指揮所，何處儲糧，何處屯兵。這個二百年前的古戰場依然保持著舊貌，硝煙瀰漫——有文化的海德堡人絕不止是活在現代，而是活在幾百年的歷史裡。

與此相仿，小時候我住在北京的舊城牆下。假如那城牆還在，我就能指著它告訴你：

庚子年間，八國聯軍克天津，破廊坊，直逼北京城下。當時城裡朝野陷於權力鬥爭之中，偌大一個京城竟無人去守，……此時有位名不見經傳的營官不等待命令，挺身而出，率健銳營「霆字隊」的區區百人，手持新式快槍，登上了左安門一帶的城牆，把聯軍前鋒阻於城下，前後有一個多時辰。此人是一個英雄。像這樣的英雄，正史上從無記載，我是從野史上看到的。有關北京的城牆，當年到過北京的聯軍軍官寫道：這是世界上最偉大的防禦工事。它綿延數十里，是一座人造的山脊。對於一個知道歷史的中國人來說，他也不會只活在現在。歷史，它可不只是爾虞我詐的宮廷鬥爭……

作為一個理工科出身的人，其實我更該談談科學，說說它如何使我們知道未來。打個比方，我上大學時，學了點電腦方面的知識，今天回想起來，都變成了老掉牙的東西。這門科學一日一變，越變越有趣，這種進步真叫人捨不得變老，更捨不得死，……學習科學技術，使人對正在發展的東西有興趣。但我恐怕說這些太過專業，所以就到此為止。現在的年輕人大概常聽人說，人有知識就會變聰明，會活得更好，不受人欺。這話雖不錯，但也有偏差。知識另有一種作用，它可以使你生活在過去、未來和現在，使你的生活變得更充實、更有趣。這其中另有一種境界，非無知的人可解。不管有沒有直接的好處，都應該學習——持這種態度來求知更可取。大概是因為我曾獨自一人度過了求知非法的長夜，所以才有這種想法，……當然，我這些說明也未必能服人。

反對我的人會說，就算你說的屬實，但我就願意只生活在現時現世！我就願意得些能見得到的好處！有用的我學，沒用的我不學，你能奈我何？……假如執意這樣放縱自己，也就難以說服。羅素曾經說：對於人來說，不加檢點的生活，確實不值得一過。他的本意恰恰是勸人不要放棄求知這一善行。抱著封閉的態度來生活，活著真的沒什麼意思。」——王小波《對待知識的態度》

CHAPTER

31

第三十一章 工作和人生

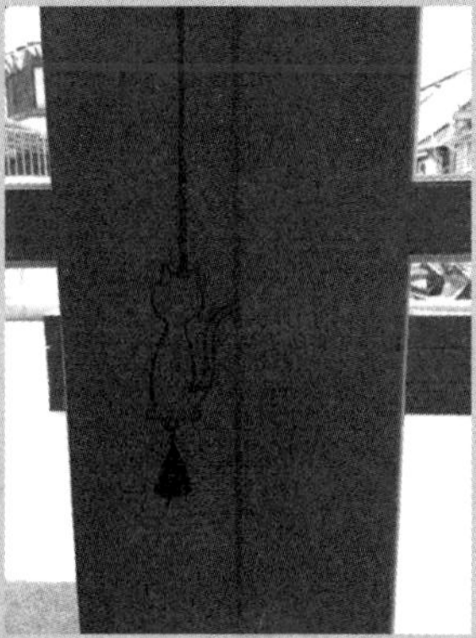

和上一篇一樣，我不認為有資格在《工作和人生》這麼大的話題上有什麼論述，私下裡我還常冒出一些諸如「我只要有品質的生命，假如將來得了什麼怪病，渾身痛，我一定選擇自己弄死自己」之類的怪論，所以，害怕就這麼一個重要話題畫蛇添足，說不清楚把自己繞進去了。小波的論述很精彩，我不僅同意而且非常喜歡。請看：

「我現在已經活到了人生的中途，拿一日來比喻人的一生，現在正是中午。人在童年時從朦朧中醒來，需要一些時間來克服清晨的軟弱，然後就要投入工作；在正午時分，他的精力最為充沛，但已隱隱感到疲憊；到了黃昏時節，就要總結一日的工作，準備沉入永恆的休息。按我這種說法，工作是人一生的主題。這個想法不是人人都能同意的。我知道在中國，農村的人把生兒育女看作是一生的主題。把兒女養大，自己就死掉，給他們空出地方來——這是很流行的想法。

在城市裡則另有一種想法，但不知是不是很流行：它把取得社會地位看作一生的主題。站在北京八寶山的骨灰牆前，可以體會到這種想法。我在那裡看到一位已故的大叔墓上寫著：副系主任、支部副ＸＸ、副教授、某某教研室副主任，等等。假如能把這些「副」字去掉個把，對這位大叔當然更好一些，但這些「副」字最能證明有這樣一種想法。順便說一句，我到美國的公墓裡看過，發現他們的墓碑上只寫兩件事：一是生卒年月。二是某年至某年服兵役；這就是說，他們以為人的一生只有這兩件事值得記述：這位上帝的子民曾經來到塵世，以及這位公民曾去為國盡忠，寫別的都是多餘的。

我覺得這種想法比較質樸……恐怕在一份青年刊物上寫這些墓前的景物是太過傷感，還是及早回到正題上來罷。我想要把自己對人生的看法推薦給青年朋友們：人從工作中可以得到樂趣，這是一種巨大的好處。相比之下，從金錢、權力、生育子女方面可以得到的快樂，總要受到制約。舉例來說，現在把生育作為生活的主題，首先是不合時宜；其次，人在生育力方面比兔子大為不如，更不要說和黃花魚相比較；在這方面很難取得無窮無盡的成就。我對權力沒有興趣，對錢有一些興趣，但也不願為它去受罪——做我想做的事(這件事對我來說，就是寫小說)，並且把它做好，這就是我的目標。我想，和我志趣相投的人總不會是一個都沒有。

根據我的經驗，人在年輕時，最頭疼的一件事就是決定自己這一生要做什麼。在這方面，我倒沒有什麼具體的建議：幹什麼都可以，但最好不要寫小說，這是和我搶飯碗。當然，假如你執意要寫，我也沒理由反對。總而言之，幹什麼都是好的；但要幹出個樣子來，這才是人的價值和尊嚴所在。人在工作時，不單要用到手、腿和腰，還要用腦子和自己的心胸。我總覺得國人對這後一方面不夠重視，這樣就會把工作看成是受罪。失掉了快樂最主要的源泉，對生活的態度也會因之變得灰暗……

人活在世上，不但有身體，還有頭腦和心胸——對此請勿從解剖學上理解。人腦是怎樣的一種東西，科學還不能說清楚。心胸是怎麼回事就更難說清。對我自己來說，心胸是我在生活中想要達到的最低目標。某件事有悖於我的心胸，我就認為它不值得一做；某個人有悖於我的心胸，我就覺得他不值得一交；某種生活有悖於我的心胸，我就會以為它不值得一過。羅素先生曾言，對人來說，不加檢點的生活，確實不值得一過。我同意他的意見：不加檢點的生活，屬於不能接受的生活之一種。人必須過他可以接受的生活，這恰恰是他改變一切的動力。人有了心胸，就可以用它來改變自己的生活。

中國人喜歡接受這樣的想法：只要能活著就是好的，活成什麼樣子無所謂。從一些電影的名字就可以看出來：《活著》《找樂》……我對這種想法是斷然地不贊成。因為抱有這種想法的人就可能活成任何一種糟糕的樣子，從而使生活本身失去意義。高尚、清潔、充滿樂趣的生活是好的，人們很容易得到共識。卑下、骯髒、貧乏的生活是不好的，這也能得到共識。但只有這兩條遠遠不夠。我以寫作為生，我知道某種文章好，也知道某種文章壞。僅知道這兩條尚不足以開始寫作。還有更加重要的一條，那就是：某種樣子的文章對我來說不可取，絕不能讓它從我筆下寫出來，冠以我的名字登在報刊上。

以小喻大，這也是我對生活的態度。

本書到這裡，有三個原因導致我不得不停下來了。一是春節假期馬上結束，我得開始工作了。因為一直覺得還有很多很有意思的事情等著我去做，所以這幾年參差公司的攤子越鋪越大，我有點應付不過來了，想儘快開始梳理，做減法，儘早把手上沒有分出去的工作分給年輕人，而且得馬上開始。二是因為這本書的書寫方式對我來說難度極大，自知和小波的差距太大，一直這樣把他的文字和自己的穿插在一起是種煎熬，能夠嘮叨這麼多，已經是膽大妄為，非常不自量力了，至此我已經是竭盡全力，黔驢技窮了。三是覺得本書可能不會在大陸出版，所以想出了一個偷懶的辦法，把以前在大陸發表的幾篇文章塞進來，裡面的想法都有小波式思維的影子，在這本紀念王小波的書裡出現，也算是向小波致敬吧。請笑納。

CHAPTER

32

第三十二章

小的是美好的

「小的是美好的」，就這六個字已經讓我覺得賞心悅目了，只可惜它們不是我的原創。一九七三年，一個有先見之明的美籍德國裔經濟學家舒馬赫出了一本當時反潮流的書，書名就叫《Small is beautiful》，中譯《小的是美好的》，當時在西方轟動一時。我看完之後，很有點激動，覺得對四十年後的中國也極具現實意義。

作者認為，資源密集型的大型化生產導致非人性的工作環境，經濟效益降低，貧國與富國的差距拉大，資源枯竭和環境污染，人們應當超越對「大」的盲目追求，提倡小型機構、適當規模、中間技術等等。作者提出的「中間技術」的理論，尤其值得推崇。所謂中間技術，有利於「創造工作機會」這一首要目標的實現；有效地利用本地資源；能增加勞動的愉悅，而不是把人變成技術的奴隸；經過適當培訓，人人可以運用。正如甘地所說，大量生產幫助不了世界上的窮人，只有大眾生產才能幫助他們。大眾生產的技術正是這樣一種「中間技術」。

真好，雖然我們生活的世界，問題總是層出不窮，但每當看到這些明白人充滿智慧的話，還是喜歡點上一支煙，深吸一口，讓渾身舒坦一下。好了，言歸正傳，借這個美好的標題，斷不敢討論深奧的經濟學問題，倒是想「系統」地為參差咖啡館為什麼每一個都很小來狡辯一番。二〇〇七年一口氣開了三個參差咖啡，都很小（要是開三個大的，估計我已經累死了），位於北京魏公村的參差咖啡面積三十五平方米（很袖珍），還帶個洗手間，武漢水果湖的參差咖啡面積七十平方米（覺得正合適），漢口新世界國貿大廈背後的最大，約一百平方米。可是，好心的朋友們第一次推門走進最大這間咖啡館的時候，大多都面露驚訝，這麼小！而我每次心裡都在嘟囔，我還嫌大了呢。我知道朋友們的言下之意是，這麼點兒地方，能坐幾個人，每天撐死能賣出幾杯咖啡呀，賺個鳥錢啊。我知道大家都是好意，既然是好意，當然不便爭論，不過我心裡還會繼續嘟囔，小的是美好的！尤其是咖啡館！尤其是中國的咖啡館！

咖啡館不像餐廳，民以食為天，只要食物好吃有特色，有可能做到眾口能調，大一點沒什麼問題。而咖啡館的特點主要是靠氛圍取勝，有很重的客群細分傾向。至少，到目前為止，仍然很少聽說有人為了某種特殊味道的咖啡而非去某個咖啡館不可，但是因為各種因人而異的原因鍾情於某個咖啡館的故事倒是很多。只是這樣的聚集方式，通常只會形成一些小群體。小群體，小咖啡館，小氛圍，相得益彰。

去過幾次巴黎，朝聖一樣地去了好多次左岸。傳說中的巴黎左岸，各色各樣，各具特色的小咖啡館林立，不同的人群聚集到不同的咖啡館，哪怕是遊客也有很多是做好功課直奔自己心儀已久的某某咖啡館；很難想像，如果巴黎左岸只有那麼幾個超大的，動則數千平方米的巨型豪華大咖啡館坐在那兒，我看誰還好意思總拿左岸說事兒。很明顯的，在中國，人們對咖啡的需求大多數還沒有達到生理需求的程度，多數還停留在心理需求的層面上。既然如此，滿足心理需求和一個大大的空間顯然有些不沾邊。人應該是參差多態的，也同時是具有社會性的，所以，每個人在保持個性、人格、思考等獨立的同時，需要一個能和社會做心靈交匯的地方，這個地方可能辦公室、教室、飯館都不太合適，這樣一個心有所屬的地方，咖啡館看起來是最適合的，而且是小小的咖啡館。比如，每一間參差咖啡的吧台都正對著門，客人隨時進來都不會被忽視。一聲及時的歡迎光臨，或者哪怕是一個微笑對視，會讓客人迅速消除陌生感。在這個小小的空間，你可以自然安靜地獨處，不必擔心有服務員在遠處「關切的注視」；只要你願意，你也可以成為這裡的「主人」。在小小的咖啡館裡，即使獨處也不會被忽視和遺忘，只要你願意，你隨時都能找到傾聽者和交流者，比如和老闆聊聊天，其實，老闆可能早就等著你呢。於是，這樣一個小小空間很快就可能變成了一個公共客廳。

當然，一個小小的咖啡館想賺大錢的確有點難，如果你不怕累，那就多開幾個好了。但是，千萬別以為盈利的多少和咖啡館的大小是成正比的！尤其別去開那種瀰漫著褒仔飯味的偽而大的咖啡館！你見過不喝咖啡的老外嗎？巴黎咖啡人口是咱們這兒的N倍，人家怎麼沒人弄出幾個超級咖啡MALL或者PLAZA什麼的呢？足以見得，咖啡館註定應該是小的。接下來，請看我也來個經濟學方式的狡辯吧：在中國，咖啡不是每個人的必需品，喝咖啡的人群還在培養，我們不能奢望咖啡館總是位置不夠坐。所以，咖啡館越小，氛圍越好營造，當然最重要的是，咖啡館越小，租金就越低，人工水電等開支當然也越少，這樣一來最大的好處是，經營壓力就小了，壓力一小，心情自然就輕鬆。要麼不請人，自己雇自己；最多一兩個員工，也擺不起老闆架子，沒客人的時候，就自得其樂地東弄弄西弄弄，把咖啡館弄得越來越有情調。客人來了，自然是心平氣和，笑容十分自然。我就不相信偽而大的咖啡館，一旦客人稀稀拉拉，服務員比客人還多；一旦連續幾天連水電人工都保不住，老闆迎客的笑容是擠不出來的。

CHAPTER

33

第三十三章

扶貧使者李銀河

著名社會學家李銀河來武漢扶貧了。以前不認識的時候，每次在網上看到有人罵她，只是有些同情。後來接觸，認識了，知道她的確是個善良、真實的好人（不認識的時候其實也能判斷出來，因為我對王小波找老婆有信心）。再看到她被罵，感覺開始不平和心疼。扶貧扶到被罵，而且罵得難聽，我替她不值。

前兩年，李老師被媒體評選為中國新銳人物，見到李老師的時候，我沒有祝賀，反而表示了擔心。原因是我覺得李老師作為一個社會學家，說了些常識而已，因為說出常識竟然被認為新銳，我想不是件好事，背後一定藏著很深的誤解。舉個例子，李老師已經解釋了一萬遍了，說某人有權利做某件事，並不等於鼓勵他一定要去做這件事情。比如一夜情，是一種現象，做不做取決於你自己，和有沒有人主張權利沒有任何關係。如果你擔心多數人沒有判斷能力，在被人告之有這樣那樣的權利之後，原本不想做也會開始去嘗試，進而社會肯定會因此大亂，就把講出常識的人當成罪魁禍首，那我覺得你犯了一個常識錯誤。

人不是雞禽，瘟疫來臨，難道也要集體撲殺嗎？可現實中，我們總有些人不僅自我撲殺意思非常強，還總是把別人都當成雞禽，沒有判斷力，總認為一些社會現象打死也不能說出來，一說出來就會變成人人參與。放心吧，我可以肯定地告訴你，連一些基本常識都鬧不明白，就算你想，也沒人願意跟你來那一夜什麼。社會混亂，不是群眾知道得多了，恰恰是因為知道的太少，太無知。

在我看來，李老師就是在為常識貧乏的人扶貧，我沒有她作為一個社會學家的社會責任感，私底下勸她別講了，吃力不討好，尤其她研究的性問題又那麼敏感。這次李老師來武漢談「豔照門」背後的法律思考，又很勇敢，值得欽佩。「豔照門」一出來，社會上要嘛狂歡，要嘛對世風很絕望，看法兩極化相當嚴重，不光是「豔照門」，我們這裡看很多問題都是兩極化，一個人不是道德高尚就基本是個下三濫，不是我方陣營的，就是「敵對勢力」，這未免太過簡單粗暴了吧。老實說，「豔照門」的豔照我也看了，想法只是陳冠希太不小心了，以後大家都要吸取教訓，包括我自己。所以，我到底是高尚還是下三濫呢，我自己都說不清楚，也輪不到別人指指點點。

我自己的體會是，人是善惡同體，我就喜歡說自己是一個想變成好人的壞人，做了壞事良心會不安，但不敢保證以後不做；做了好事也不指望人家誇我，我可不想被綁架成一個純粹的好人，那樣我覺得累。

在中國，性這個東西只能做不能說，明明人口第一，說明愛也沒比別人少做，貧乏但頻繁著。既然是人的需求，屬於社會現象，就應該拿出來研究，研究成果本身是客觀的，沒有好壞之分。但社會上就有很多人，一天到晚假正經，只要是關於性的話題，聽也沒聽，看也沒看，本能地自己飄到很高很高的高處衝下漫罵。罵了那麼多年也沒能阻止「世風日下」，可見毫無建設性。

記得有一次，好像把李老師說服了，她說以後要注意自己的生活品質，閒散起來，儘量少些社會活動。沒想到，才幾個月，又跑出來挨罵了，這可能是她這代人的宿命吧，責任感強，我不得不佩服和尊敬。

補充一下，這篇文章是五年前寫的，最近五年的觀感是情況有明顯的好轉，在李老師微博上看到很多年輕人用微博問答的方式提問，大家對性的問題好像沒有那麼諱莫如深了，問的問題五花八門，有些還超過了我的想像，討論起來自然而且自如，這充分說明凡事一經擺上檯面公開討論，就離接近常識不遠了。

CHAPTER

34

第三十四章

沒問題，就會出問題

No question, get problem.

《紐約時報》曾經刊登過美國的婚姻專家開列出的婚前必提的十五個問題，我逐條看下來，不禁打了個冷顫，別說十五個問題了，我當初想都沒想過要問什麼問題。而且就算當時哪位智者幫我理出這些問題，我想我也會不屑一顧地跟他說：「裡面的很多問題都不是什麼問題，只要有愛，一切都能解決」。可是，實際情況通常是，愛很美好，但愛本身是解決不了什麼問題的，相反，問題不管提不提出來，始終都還是問題，時間一長，倒是可以把愛解決掉。所以如果再有機會，這十五個問題我一定要和對方好好探討一下（附注一）。

可是，我們真的理性到了可以互相詢問諸如「我們永遠不會因為婚姻放棄的東西是什麼？」這樣一類問題嗎？如果這個問題真問出來了，會不會有異口同聲的吶喊撲面而來：「要結婚當然得放棄很多，比如自由，你既然選擇婚姻，就應該放棄自由，都要結婚了，怎麼還能唧唧歪歪的整出些什麼永遠不能放棄的？既然這樣，那就甭結了」。斗膽設想一下，在中國，如果每對情侶都逐條互問一遍這十五個問題，估計沒幾對能結得成。可是冷靜想一想，這些其實都是很好的問題呀，如果事先問了，之後問題就算出現了，也就有了思想準備，沒有過大的落差和失落感，甚至可以有辦法避免問題的出現；再如果，確實分歧太大，觸碰到對方的底線，那麼不結這婚就是最大的避免傷害和互相保護了。

受聖經的影響，西方人堅信人是不完美的、是弱的、是時常會犯錯的，所以凡事都醜話說在前頭，這裡面也還有一個信仰是，大家只要應得的，不指望超預期的回報，因為那很可疑。在這樣的文化背景下，這十五個問題的出現可操作性應該是比較強的，要不《紐約時報》也不會拿出來曬。可我們這裡情況還真不一樣，不愛提問，好像也是中國式教育的碩果之一，咱們喜歡說「兵來將擋，水來土掩」，事情到頭上來了再說。殊不知，這到時候再說，相當於時時把自己置身於危險的境地，不過當事人恰恰往往感覺不到危險的存在，或許他們都認為自己將會是那個最最幸運的人吧！

記得我高中那會兒，大概十七八歲的時候，有過一段對生命意義嚴重困惑的時期，說白了就是厭世，在生命無意義的迷茫趨勢下，那段時間膽子變得特別大，做了很多危險的事情。當時的想法是，死沒什麼可怕的，因為活的意義不大。慶幸的是，當時的折騰和掙扎一直是和追問、思考糾纏在一起的。在反覆追問之下，我從隱隱約約，到逐漸清晰地對自己提出了兩個問題，一個是「我是什麼？」；一個是「我要什麼？」。而對這兩個問題的努力作答，貫穿了我直到現在的生命全過程，更加幸運的是，從答案初成到現在，十年來保持著基本的一致性，這種一致性我想就是價值觀吧，而價值觀的重要性是不言而喻的。

人一輩子會遇到很多問題，問題不會因為沒有被提出而不存在，我的想法是，總提不出問題，肯定會出大問題。著名的普魯斯特問卷由一系列問題組成，問題包括被提問者的生活、思想、價值觀及人生經驗等等。因《追憶逝水年華》而聞名的作家Marcel Proust並不是這份問卷的發明者，但這份問卷因為他特別的答案而出名，因此後人將這份問卷命名為「普魯斯特問卷 Proust Questionnaire」。相比我給自己提出的兩大嚴肅問題，這個問卷輕鬆很多，更像是一個遊戲，推薦給大家，是因為，不斷的提問，用心地作答，在我看來既有樂趣，還可以在一問一答之間順理出自己的價值觀，活得越來越像個人的樣子。祝各位從下面的問卷開始，常惑常問。

普魯斯特問卷：

一、你認為最完美的快樂是怎樣的？
二、你最希望擁有哪種才華？
三、你最恐懼的是什麼？
四、你目前的心境怎樣？
五、還在世的人中你最欽佩的是誰？
六、你認為自己最偉大的成就是什麼？
七、你自己的哪個特點讓你最覺得痛恨？
八、你最喜歡的旅行是哪一次？
九、你最痛恨別人的什麼特點？
十、你最珍惜的財產是什麼？
十一、你最奢侈的是什麼？
十二、你認為程度最淺的痛苦是什麼？
十三、你認為哪種美德是被過高的評估的？
十四、你最喜歡的職業是什麼？

十五、你對自己的外表哪一點不滿意？
十六、你最後悔的事情是什麼？
十七、還在世的人中你最鄙視的是誰？
十八、你最喜歡男性身上的什麼品質？
十九、你使用過的最多的單詞或者是詞語是什麼？
二十、你最喜歡女性身上的什麼品質？
二十一、你最傷痛的事是什麼？
二十二、你最看重朋友的什麼特點？
二十三、你這一生中最愛的人或東西是什麼？
二十四、你希望以什麼樣的方式死去？
二十五、何時何地讓你感覺到最快樂？
二十六、如果你可以改變你的家庭一件事，那會是什麼？
二十七、如果你能選擇的話，你希望讓什麼重現？
二十八、你的座右銘是什麼？

附注一：《紐約時報》登出的美國婚姻專家開列的婚前必問的十五個問題：

一、我們要不要孩子？如果要，主要由誰負責？

二、我們的賺錢能力及目標是什麼？消費觀及儲蓄觀會不會發生衝突？

三、我們的家庭如何維持？由誰來掌握可能出現的風險？

四、我們有沒有詳盡地交換過雙方的疾病史？包括精神上的。

五、我們父母的態度有沒有達到我們的預期？會不會給足夠的祝福？如果沒有，我們如何面對？

六、我們有沒有自然、坦誠地說出自己的性需求、性的偏好及恐懼？

七、臥室能放電視機嗎？

八、我們真的能傾聽對方訴說，並公平對待對方的想法和抱怨嗎？

九、我們清晰地瞭解對方的精神需求及信仰嗎？我們討論過孩子將來的教育模式和信仰問題嗎？

十、我們喜歡並尊重對方的朋友嗎？

十一、我們能不能看重並尊敬對方的父母？我們有沒有考慮到父母可能會干涉我們的關係？

十二、我的家族最讓你心煩的事情是什麼？

十三、我們永遠不會因為婚姻放棄的東西是什麼？

十四、如果我們中的一人需要離開其家族所在地陪同另一人到外地工作，做得到嗎？

十五、我們是不是充滿信心面對任何挑戰使婚姻一直往前走？

CHAPTER

35

第三十五章

第三類關係

「The third place」第三去處，是美國經濟學家通過星巴克現象總結出的一個經濟學理論，意思是人們除了辦公室和家之外還需要一個第三去處，星巴克無意中滿足了這種需求，於是發展迅猛。而對第三去處現象的研究將可能創造更多的商機。

參差咖啡到二〇一二年也有五年了，咱們沒有那麼牛逼能引起經濟學家的注意，不過我倒是從參差咖啡的現象和我自身的感受想斗膽提出一個有中國特色的社會學理論，那就是第三類關係。參差咖啡將致力於成為中國人發生第三類關係的空間和場所的典型代表。這事兒可大發了。先來看我說的有沒有道理吧。

我們都知道，人一生下來就會有兩種人際關係，一種是有血緣的，一種是無血緣的，無血緣的人際關係有很多種，什麼同學關係、戰友關係、好朋友關係、普通朋友關係、男女朋友關係、同事關係、生意關係、雇傭關係等等。不難發現，糾纏咱們中國人一生時間最長的主要只有兩類關係：一是血緣關係，二是利益關係。無血緣關係的多樣性被嚴重擠壓了。甚至我見過一些人除了這兩種關係就沒有第三種了。按理說小學同學關係算是沒有利益關係的第三種吧，因此如果這種關係還保留著的，基本都非常珍貴。大部分情況下，中國人一旦離開校園進入社會，還是只剩下血緣和利益關係兩種了。之後的幾十年基本也就在這兩種關係中糾纏了。

為什麼老是用糾纏這個詞呢，血緣關係帶來的是親情怎麼能說是糾纏呢。沒錯，血緣關係當然是親情，從中可以獲得很多的歡笑和愛。但是在中國這個保障不健全的社會裡，血緣關係帶來的也是責任和壓力。「我為了你都怎麼怎麼怎麼了，你還不怎麼怎麼怎麼」，這是一個比較典型的父母對子女，老公對老婆孩子的常用語，裡面浸透著壓力和無奈。再說利益關係，用在血緣關係裡連我都有點不太自在的糾纏一詞，用在利益關係裡就再合適不過了。大部分人窮極一生都是在忙著建立利益關係，還樂此不疲，認為這是人生目標和價值所在。沒有利用價值的關係不叫關係，沒有潛在利益關係的關係，花一分鐘都嫌多。不知不覺這兩種關係耗盡了我們的生命，我們只能懷戀小學時候的那種沒有血緣，沒有利益的關係是多麼美好。

其實，我想說的第三類關係不是什麼新鮮東西，就是學生時代的那種沒有血緣，沒有利益的純真的同學、朋友關係呀。可是大家還記得嗎？這樣的關係是多麼美好呀。沒有壓力，只有真實淳樸的快樂，沒有利益，只有互相欣賞和幫助，大家志趣相投可以無話不談。

人是社會性動物，我們其實都需要這種第三類關係，難道離開校園，一進入社會，這第三類關係就無處可尋了嗎？不，我發現了，在咖啡館裡。最近幾年在別人的咖啡館，在我自己的咖啡館，我已經有了很多並不知道職業，甚至不知道姓名的第三類關係。這種關係的特徵是，大家常常在同一間咖啡館相遇，價值觀接近就多聊會兒，價值觀相悖就少說幾句。大家基本不過問對方的職業，互相笑稱咖友。有時候大家相約一起看電影，AA制All Average（參與者平均分擔所需費用），一起吃飯AA制，一起郊遊AA制，一起打球AA制，集合的地點通常就在咖啡館裡。這難道不就是久違了的第三類關係嗎？這樣的關係，沒有壓力，合得來則玩在一起，反之可以隨時迴避，關係之間不存在任何利益。這才是最令人舒服的人際關係啊。

咖啡館是出現第三類關係的最佳場所，至少到目前為止，我生活裡交往頻繁的朋友都來自咖啡館，反而之前存在利益關係的那些對象很少出現在我的生活裡了。當然我的情況可能有些特殊，不過，在咖啡館裡建立一些第三類關係，難道不是對前兩種關係的一個很健康的補充嗎？要知道，只有前兩類關係，少有第三類關係，生活是不完整的，甚至可以說是可憐的。

也不知道說清楚沒有，反正我覺得，咖啡館在中國一定會越來越多，越來越能夠成為第三類關係產生的空間和場所。至少參差咖啡現在就是這樣一個地方，也許也正是這個原因，參差咖啡才歪打正著的發展得越來越好吧。如果我在這裡沒有說清楚，那就等著以後真正的社會學家來從參差咖啡現象分析出一個中國人的第三類關係理論吧。

CHAPTER

36

第三十六章

答案在過程中飄蕩

一九六二年，鮑勃・狄倫（Bob Dylan）用他特有的沙啞嗓音演繹了一首憂傷的曲子《Blowing In the Wind》答案在風中飄蕩，因為歌詞的睿智，這首歌曾入選美國大學教材，被選作《阿甘正傳》的主題曲，也成為時時提醒人們自醒的名作。一種冷峻的思考通過歌者那散漫的演唱流淌出來，一把吉他，一支掛在脖子上的口琴，真正的破嗓子，還有亂糟糟的髮型，讓人不得不喜歡他粗糙隨意的風格。如果你喜歡鮑勃・狄倫，記得這首歌，你可以哼著「How many roads must a man walk down, before they call him a man」，聽我借用「答案隨風飄蕩 the answer is blowing in the wind」這一名句，道出今天的主題：「The answer is blowing in the process 答案在過程中飄蕩」。

寫東西東扯西拉已然是我的一大特色了，這個關於鮑勃・狄倫的開頭已經放了好幾天，直到要截稿了，情緒已經大不一樣了，明明是想論證我一直堅信的過程與結果的邏輯關係，現在根本不知道從哪兒開始了。而通常這個時候，也只有被我視為一生摯友的書籍能夠幫我了。電腦邊一直有一本書《傑弗遜——設計美國》，讀這本書一直斷斷續續，視為享受。今天又看到它，注意到封底上有這麼一段話：「為什麼？為什麼？為什麼成功的總是美國？……讀罷此書，一切都會明白，一切盡在不言中……！」書裡寫了什麼？一個國家幾乎不可逆轉的持續強大怎麼就可以一切盡在不言中呢？如果這麼簡單的話，中國人何等智慧聰明怎麼可能不明白？可是，如果明白了，我們又為什麼在前行的時候總是步履蹣跚呢？

此書於我來說，是欣賞，不是學習，每次翻開都能享受到人類智慧光芒的呈現，我完全相信，美國的成功其實真的就是那麼簡單，簡單到就是因為一個簡單的文本，甚至就是其中的一句話成就了美國，這個本文當然就是《獨立宣言》了，而這個文本的核心就是「人人生而平等，每個人都擁有生存權、自由權和追求幸福的權利」，縱觀世界，凡是實現或者接近實現這個簡單的價值理念的國家和民族，就是有幸的，反之則是不幸和苦難的。正如林肯所說：「一切榮譽都歸於傑弗遜，這個人在為民族的獨立而鬥爭的緊急形勢下，以冷靜的態度，深邃的預見性及明智的頭腦，把適用於一切人及一切時代的抽象真理寫進一個單純的文本之中……」所以，很顯然，美國今天的成功早在兩百多年前就已經註定了，不是天賜，不是運氣，是美國人民一直遵循著一個簡單的共同信念，始終行進在追求每個人的生存權、自由權和追求幸福的權利的過程中。而結果，一個幸福美好的未來，永遠在前面恭候著這一群有信念的人，就如同宿命一樣。用這麼一個人類歷史上最偉大的成功來詮釋我想說的「The answer is blowing in the process 答案在過程中飄蕩」簡直是殺雞用了牛刀！

還有，請注意，是二百二十二年前，傑弗遜遊歷歐洲的時候，給當時哈佛大學校長的一封信裡寫道：「我們已經貢獻出我們的壯年時代為他們（哈佛學子）贏得了十分幸福的自由生活。讓他們貢獻出他們的青春來證明自由是科學和美德的偉大源泉，證明一個國家越自由，在科學和美德這兩方面也就總是表現得越偉大吧」。看到這段充滿理想主義，熱情洋溢的話，我深吸一口長氣，看看現今的美國，傑弗遜的理想如今早已成為事實。靜下來想想，這難道不正是答案早早已經隱藏在一個美好過程中的很好證明嗎？早些年，我也看不到這樣的隱藏，太注重短期的所謂階段性目標的達成，緊盯著一周，甚至每天的得失，這樣糾結的過程勢必導致過程中的厭煩和狂躁，而這些看似情緒而無關方向性的消極因素，正在不知不覺地侵蝕著你的信念，忘記出發的原點和理想的方向，失敗其實也隱藏在過程中了，即使成功，你得到的也不是原來想要的了。「The answer is blowing in the process 答案在過程中飄蕩」，回憶一下，我最近幾年的生活，無不證明著美好的過程必然導致美好的結果，二〇〇七年開始分佈在北京和武漢的每個參差咖啡館如今都開始有了溫馨的收益，如果你要問我怎麼做到了，我一定給不出什麼秘笈，我只知道，我喜歡呆在我的咖啡館，我每天都其樂融融，偶爾遠行，回到武漢都會急急忙忙背著行李直接回到咖啡館而不是回家。

寫下這些，心情平靜了很多，我知道這篇文字此時此刻像是一次說服，不論被不被同意，我想用傑弗遜的一句話來勉勵一下自己。他說：「在我的一生中，我從來沒有見過一個辯論者是通過爭吵來說服別人的，說服力是我們平心靜氣地進行推理的結果，可以一個人單獨地進行思索，也可以大家一起來琢磨別人講的話有沒有道理」。

CHAPTER

37

第三十七章

二〇一二快點來吧！

寒冬臘月，逃離擁擠寒冷的武漢，飛到三亞，躺在亞龍灣的沙灘上，沐浴著溫暖的陽光，清新的海風拂面，舒坦得一塌糊塗。因為答應了這篇稿子，所以，躺在這兒應邀思考一下關於人類可能即將毀滅的問題，如此反差，是不是有點滑稽。不過話說回來，正因為這種反差，此情此景，此時此刻的思考其實更具深刻的意義：如果我現在饑寒交迫，心煩意亂，我一定有足夠的勇氣，輕而易舉地大叫，二〇一二快點來吧，死球了算！雖然那多半是惡劣情緒的爆發，並不真的想死和不怕死。

不過，令我自己也很意外的是，此刻，四仰八叉，舒服得不行的我，閉上眼睛，回想一番《二〇一二》電影的場面，思考了一輪下來，竟然鎮定自若地從心裡冒出了同樣的想法：二〇一二快點來吧！

為！什！麼！呵呵我是這樣想的：

首先，人類絕對是一種不見棺材不掉淚，甚至見了棺材都不流淚的不清白的動物。這一點聽著不太順耳，但是，人類自己已經反覆自行證明了這一點，沒資格反駁。印度的甘地說過，地球絕對能夠滿足所有人類的基本需求，但絕對滿足不了人類的貪欲。是啊，本來像二〇一二這樣頭痛的問題應該是我兒子的兒子的兒子的兒子去操心的問題，怎麼會輪到我在這兒擔憂呢，原因很簡單，甘地說的沒錯，而且，人類因為其貪欲的不斷被滿足，變得越來越自大，毫無疑問這一越來越自大的過程就是在不斷證明人類的渺小！既然人類都是渺小的，我這點擔憂就顯得更加渺小和無意義了。何況我此時溫暖舒服，四仰八叉，來就來吧，如果此時毀滅之波從地球某個點向外擴散，我他媽動都懶得動，至少死姿從容。

這麼說，雖然是我此時此刻的真實想法，但畢竟有點不嚴肅。如何面對死亡是個大而嚴肅的命題，趁著現在舒坦有空，我還是試著嚴肅認真地梳理一下，不為別人，只為自己梳理。我說二〇一二快點來吧，絕對不是因為現在我極度舒坦而表現出一種傻逼似的欲望得到滿足後的毫無精神追求的無所謂，是因為傳說中的二〇一二人類毀滅，促使我開始思考如何面對死亡，而這種思考一旦有了結論，那麼它和毀滅發生的概率有多大，什麼時候會發生其實就沒有什麼關係了。

以下是我的結論：第一，不害怕，不焦慮，要從容，因為害怕沒有用，不從容，萬一不來呢，豈不是白焦慮了。第二，不迴避，不糾結，要坦然，因為迴避沒有用，不坦然，難道你想剩下來的兩年只幹一件事，買彩票，盼中獎，然後去買一張諾亞方舟的船票？

這兩點看似很簡單，其實做起來還是有難度的。不會面對死，就不會面對生！說面對死亡不害怕，不迴避，其實就是說面對生活裡的問題和困難不害怕，不迴避。面對生做不到的，面對死一定也做不到！說到我自己，我自認為，因為閱讀、思考、實踐的原因，我多少弄明白了如何面對生活。所以，我想，只要我是走在我想要的生活的那條路上，什麼時候死就真無所謂了。注意，我說的是在路上就很好！因為我一向追求的夢想不是某一個時間結點的量化指標，是過程。使我快樂的也是這個過程。拿開參差咖啡館這件事情來說，從開第一間開始，我從來沒有替自己設定一個什麼量化的目標，開一間也好，十間也好，只要我量力而行地開著咖啡館就行。再準確點說，就是「開著咖啡館，有自己的咖啡館可以泡」就讓我覺得很幸福，多開了幾家，幸福感不會因此增加太多，有時候因為多了，反而不太省心，幸福感是多了還是少了需要探討，我傾向於實際上是增減持平了。之所以開了這麼多，都是機緣巧合和我感覺到的社會需要，我在這裡可不是唱高調，本來嘛，那麼多咖啡館，我不可能每天都泡到。當然了，虛榮心得到些滿足我還是承認的。

最後，可以預見的是，二〇一二，大難如果真的來了，以我現在的作息時間，我多半要麼是在睡夢中，要麼就是在我的某一個咖啡館裡，做著我平時喜歡做的，喝咖啡，打盹，閒聊……此刻，二〇一二來吧，把時間凝固吧，我沒意見！在最後，二〇一二快些來吧，說的不是我想死，而是不怕死！當然，生不如死還是怕的！所以離開三亞，我還得繼續尋找有趣的事情去做。

CHAPTER

38

第三十八章

光陰的故事

很喜歡一首英文歌「LAZY AFTERNOON」，翻譯成中文可以叫「慵懶的下午」。初學英文的人如果直譯過來就是「懶的下午」，聽過這首歌的人就知道這樣簡單的直譯肯定是錯了。懶字在中文裡一直不太光彩，可是變成慵懶之後突然就變得讓人豔羨了，那種舒坦、滿足、悠閒、愜意的樣子躍然紙上。

在咱們這個人口眾多的發展中國家，提高「生活品質」比較一目了然而且好操作的辦法是忙碌，慵懶這個詞幾乎就只能用來翻譯這首英文歌名或者用來形容那些老牌資本主義國家先富起來的幸運兒們了。我喜歡這首歌自然也是因為羨慕這樣的狀態，覺得離自己很遠。沒有想到的是，三年前，就在我忙得四腳朝天，心力交瘁的時候，我竟然發現慵懶就在離我家不遠的一個二十平方米的小咖啡館裡瀰漫，這個地方甚至連一個咖啡館都談不上，名叫西北湖咖啡豆專賣店。而且一問才知道，我們這位來自臺灣，慵懶的主人何先生來到武漢守著這個有點寒酸的小店已經四年了，每天不僅下午慵懶，上午也慵懶，更讓我受刺激的是，這位老兄就這樣「虛度光陰」三年多，生意也沒見什麼起色，你竟然看不出

他著急。如果午飯後來喝咖啡，一定見不到他，他肯定在洗手間旁邊的小角落，午睡！晚上人家的店都熬呀熬希望多做點生意，可他倒好，晚上九點要請客人離開，準時打烊。一度，我曾經發揮兒時的想像力，認為何先生乃臺灣間諜的可能性極高，他憑什麼守著個不太可能賺錢的破店不著急啊！組織提供經費？

後來去多了，慢慢偵查到一些準確的資訊。二〇〇一年，何先生因為祖籍武漢的緣故來到武漢。按他的說法，他大概是最早從臺灣到內地從事咖啡豆烘焙，出售新鮮咖啡豆，順便讓客人只花十塊錢品嘗現磨咖啡的前兩三個臺灣人之中的一個。他非常清楚，注重品質和咖啡精神，不一味追求環境的小咖啡館，在內地推廣是需要時間的。而且，根深才能葉茂，明知道要守，何不輕輕鬆鬆地守，焦慮於事無補的啊。

感謝上帝、真主、如來、觀世音菩薩，還好我還有那麼點悟性，認識了慵懶的何先生之後，我一下子頓悟了，他店裡牆上貼了一句話：「一個人之所以幸福，不是因為他擁有的多，而是因為他要求得少」，這樣的道理不僅僅是寫在牆上讓人點頭稱是的，道理只有你選擇之後才是道理。其實想來一個慵懶的下午，容易！只要你選！

從此以後，我成了這裡的常客，一本書，一杯咖啡，一個下午，我開始變得越來越懶。在隨後的兩年裡，這個小而溫馨的咖啡館裡，客人越來越多，常常人滿為患，這裡成了偶爾偷懶的好去處。更有一些像我這樣想長期慵懶下去的人紛紛從這裡走出去，學著開了自己的咖啡館。雖然沒有統計和細緻的調查，但幾乎可以肯定，武漢最近兩年湧現出來的幾十，上百家小咖啡館，絕大多數都受了何先生的影響，他用了七年，也就是二千六百多天的悠閒生活，漫不經心地給我們講述了一個關於咖啡生活的光陰的故事。

他來自臺灣，可能不知道內地動不動就脫口而出的「堅持就是勝利」這樣一類透著無奈和悲壯的口號式語言，他只知道他喜歡咖啡，也喜歡有人分享他的咖啡，他不是在堅持，而是在享受，他每天都很舒坦、滿足，他要求的不多，不要什麼勝利，只要一種自己認可的生活。但就是這樣，他漫不經心地改變著武漢。以我四處出差旅行的觀察，毫不誇張的說真正的小咖啡館氛圍，武漢在全國大城市裡一定是走在前面的，慵懶在越來越多的地方瀰漫，這一切，有咱們這位來自臺灣的武漢人——何先生的功勞！

CHAPTER

39

第三十九章

我的閒言碎語

罗素说，
“ 须知参差多态，
乃是幸福的本源。”
大多数的参差多态都是
敏于思索的人创造出来的。

王小波對我的影響，從我這幾年在微博上的言論也可見一斑，以下是從我的新浪微博上挑出來的一些閒言碎語，雖然有濫竽充數的嫌疑，但多少能檢驗一下小波在我身上的威力吧。請看：

一、如果沒有一杯咖啡，我的一天就沒有開始；如果沒有翻幾頁書，我這一周就忐忑不安；如果沒有已經完成和正在計畫的遠行，我這一年就白老了！

二、以誠待人是對自己好，因為這樣做人簡單輕鬆，別人是否以誠待我就變得不那麼重要了。

三、人生是經不起換算的，算來算去就什麼都做不了了，最後只能死在原地，白來世上一遭。

四、不可忘記用愛心接待客旅，因為曾有接待客旅的，不知不覺就接待了天使——《希伯來書》每一個小的參差咖啡館門口都寫了這句話。

五、讀書又不是應付考試，它首先是一個愉悅的過程，是打發時間的好方法。所以讀了就有收穫。至於過目就忘，那其實是功利式讀書這一慣性思維導致的心理壓力和假象。你其實沒有忘記，讀過的東西都會潛藏在你腦子裡的某個地方，遲早有一天會冒出來的。

六、史蒂芬‧茨威格，奧地利作家，這樣來形容咖啡文化：「咖啡館始終是一個接觸和接受新聞的最好場所。要瞭解這一點，人們必須首先明白咖啡館是什麼。事實上，咖啡館是一個在世界上任何其他地方都找不到的文化機構，是一個民主俱樂部，而入場券不過是一杯咖啡的價錢。」

七、參差之名來自英國大哲羅素的一句話：「參差多態乃幸福本源」，但這句話我是從王小波的書裡看到的。是小波的書給我打開了一扇窗，通過這扇窗子，我認識了羅素、卡爾維諾、莒哈絲、羅曼羅蘭、傅柯、歐威爾……，也開始理解參差多態才是美。

八、你必須承認，錯過是你一生的常態。當你絞盡腦汁，心力交瘁，氣喘吁吁，汗流浹背，真心為了生存，和更好的生活又打又拼的時候，其實你已經錯過了真正的好的生活！你只是在一個並不屬於你的坑裡自生自滅！可是，一旦你上路了，整個世界都在等著你，雖然還是會錯過，但是好心情會一直跟著你！

九、旅行也要學會隨遇而安，淡然一點，走走停停，不要害怕錯過什麼，因為在路上，你就已經收穫了自由自在的好心情！切忌過於貪婪，恨不得一次玩遍所有傳說中好景點，累死累活不說，走馬觀花反而少了真實體驗！要知道，當你一直在擔心怕錯過了什麼的時候，其實你已經錯過了旅行的意義！

十、回家是為了下一次旅行的休整！因為回家雖好，但終歸是找不到旅行讓人感受到的那種自由！自由！自由！

十一、如果你不努力去發現有趣，那麼空虛、無趣和無聊，甚至虛無，很快就會填滿你的腦子！瀰漫你的生活！

十二、如果愛是一個圈，會循環傳遞，那麼恨和厭惡就是一張交錯如麻的大網！如果掉進去就很難掙脫出來，傷人傷己，無限蔓延！所以，要時刻警惕自己掉進恨的大網！

十三、（快樂指數）等於（你通過努力所做到的）除以（你對自己的期望）。期望越低，快樂指數就會越高！我對自己的期望一直很低，所以快樂指數就總是很高。你呢？對自己的期望越高，小心你的快樂指數哦！

十四、讀書應該是一生的事，越來越多的咖啡書屋出現，提供了人們樂於隨時閱讀，終身閱讀的硬體和環境！某種意義上，這樣去鼓勵閱讀，在現在這個社會環境下更有效率！

十五、與其拼命賺錢，然後再花大錢去買快樂，還不如，直接把快樂就當成利潤！與其左顧右盼，環顧四周渴求他人認同，還不如，關注內心讓快樂由心而生！

十六、參差咖啡是有價值觀的咖啡館，我們崇尚慢生活，認為發展要理性，不必超越人的正常承載；我們相信閱讀是城市文明的顯著特徵和標誌，希望生活的城市越來越美好，所以我們鼓勵閱讀，而鼓勵閱讀最好的方式就是提供一個又一個咖啡和書香交織的空間，絕對不是在交通要道豎起一塊塊強勢的某日報電子大螢幕！

十七、孩子首先是一個獨立的人，其次是你的朋友，最後才是親子關係。這個次序很重要！中國的很多家長通常是倒過來的，自始至終把孩子當成私產，以為對孩子擁有無限權利！這是自私而且有害的！

十八、If you have no idea for fun，please read！如果你懶得讀書，那就躺著發呆吧，千萬不要去做任何事，因為那多半是蠢事傻事！

十九、能夠陪伴你一生的，當然不是你的父母，也不是你的伴侶，更不是你的孩子，唯有你的興趣和愛好將忠實地陪你到死！所以還沒有發現你真的喜歡得難以放手的愛好，要趕緊啊！否則你註定孤獨終老！

二十、人們之所以覺得無聊完全是因為現實得只看著眼前這點虛幻的安穩和蠅頭小利，他們不相信好奇心能把人引向未知但美好的未來！

二十一、如果循規蹈矩，隨波逐流，活在別人的期望中也是那麼累而憋屈，那為什麼不堅持自我，為自己的夢想而活。你會發現，原來你以為很困難的選擇，一旦選擇了就海闊天空了！原來困擾你的人事物都變的無足輕重了，因為你已然沒有時間庸人自擾，你Focus的只有你真正的興趣愛好和你自己的生活！

二十二、我大學時沒有校園咖啡館，想不務正業了就出校園鬼混。可是大學時候不鬼混難道要等畢業找不到工作了才去被迫瞎混？問題的關鍵還在於所謂鬼混也是會有收穫的，而這種收穫又是不敢鬼混的大多數們沒有的，差異化的競爭優勢往往就是這麼來的！

二十三、所謂大學，絕不是花四年學會一個謀生的技能，好將來出來換飯吃，那是技工學校！大學對我來說，是進入社會的緩衝階段，是讓各種興趣恣意生長進而確認的最好時機，藉此，我們能找到生活的方向，方向一旦明確了，就不怕慢慢來，慢就是快！方向不確定或者錯誤，快就是慢，越快越糟糕和危險！

二十四、如果連眼前垂手可得的美好都不能感受和抓住，又怎麼能夠奢望美好的未來呢？難道未來就是你以為的將來的某個日子或某段日子，而今天是可以被忽略和放棄的嗎？我告訴你吧：未來是由此刻、現在、由每一個今天組成的！

二十五、一般來說夢想最終沒能實現，其實不是別的原因，一定只是夢想不夠強烈！

二十六、改變自己就是改變世界的開始！能改變自己就足夠了！如果你已經改變，並被人羨慕，那接下來的改變就可能可以期待了！因為擔心自己的改變無足輕重而猶疑，正是我們文化裡最可怕的東西！

二十七、記住，當一個男人為了你放棄尊嚴的時候，姑娘，你千萬不要得意，因為這樣的男人其實可能能夠放棄一切，包括你！

二十八、只要過程美好而不糾結，美好的未來永遠在前面等著你！不，事實上，應該是，美好的未來就已經在美好的過程中了！想用憋屈的、隱忍的、糾結的、痛苦的、超負荷的、苦逼的過程去換一個自以為的美好未來，那是極其愚昧的！而且肯定沒有未來！因為未來其實就滲透在過程中！

二十九、參差咖啡正在聚集著這種有自我教育能力的年輕人！他們認同參差多態乃幸福本源，努力地試圖擺脫主流體系！我們一起快樂地做著自己喜歡的事情，而不是別人認為正確和應該做的事情，我們看似邊緣，但我們離自己的心靈很近！我們會慢慢變成主流！所謂社會進步，就是邊緣逐漸替代主流進而成為主流的過程！

三十、基督教告訴我們人是會死的，人是有限的！我的理解是：人不僅會病死、老死，人如果不意識到自己是有限的，還會把自己累死、慪死、逼死、比死、悔死、氣死、縱死、忙死，各種自己把自己弄死！所以，隨心所欲，學會放棄、服軟，累了趕緊爬到吊床裡來兩杯咖啡，今日事已畢，明天自有明天的喜怒哀樂，由他去！

三十一、人類社會之所以能夠曲折向前，正因為總有下一代人在不斷糾偏！什麼是不腦殘？如果過來人永遠正確，社會怎麼進步？九〇後不一定關心政治，貌似沒有責任感，但是，他們通過「關注個體生命的價值的實現」這樣一個普世的起點，就一定能夠在自己的生活中找到快樂，快樂前行的九〇後才是我們的希望！

三十二、這麼多年來，我一直有買書的習慣，每當有無聊無奈的時候，就找本書來打發時間。如果不是這樣，我幾乎可以肯定，我一定會持續地在妄自菲薄和妄自尊大的兩極跳來跳去。很幸運，現在的我知道，我是有限的，但是還能做一點事情，這樣就夠了，很好！

三十三、道理能作用於人們的思維和行為，需要按此道理行事而獲得真正幸福的榜樣！如果沒有，那這道理就不成立，是假的，中國盛產這類假道理！我希望能成為一個按自己喜歡的方式生活不妥協不猶疑，一直幸福快樂的榜樣！因為我正做著自己喜歡的事情，所謂的成功將只是這一快樂過程的副產品！不是目的！

三十四、一定要做自己喜歡的事情，這個太重要了！因為如果你做著自己不喜歡的事情，即便終於賺到了很多錢，你就一定會去花錢買開心。而無數的事實告訴我們，開心是買不來的！花錢能買到的只是快感，不是開心！快感當然好，它符合人性。但是快感的疊加也還是不能等於開心！快感來自身體，持續的開心才是幸福和快樂，它發自心靈！

三十五、迄今為止，我還沒有發現除了閱讀、旅行、思考之外能讓內心充實和平靜的任何方式！就算有，我想，那也只能在閱讀、旅行、思考中尋得！

三十六、好奇心是通向你真正愛好的橋樑，沒有好奇心很難找到真正的愛好，沒有愛好自然談不上什麼夢想！所以對世界充滿好奇，少些世故，保持一顆童心吧！那不是幼稚，是天賜的智慧！一旦丟失，再難找回！

三十七、有夢想，正走在實現夢想的路上，不急不躁，不緊不慢，這種感覺真幸福！

三十八、總有記者問我開了這麼多參差，最喜歡哪一間參差咖啡，我沒有落入俗套地說是下一間。我會告訴她：曾有人問杜尚一生中最好的作品是什麼？杜尚說：「是我度過的美好的時光。」做力所能及而且喜歡的事情，過程輕鬆愉悅就無所謂失敗。如果一個人一直都很勤奮，艱辛加努力才能有所收穫，那多半是入錯行了。

三十九、天將降大任於斯人也，必先苦其心智，勞其筋骨，餓其體膚，空乏其身……啊呸！我只有一個小小夢想，不堪大任。千萬別苦著自己，別過勞，別餓著自己，更不可空乏，每天做點小事兒，挺好！君不見那些苦、勞、餓、空之後擔了「大」任的人基本都變態了嗎？每個人如能實現自己的小夢想就很好，任何大任都是扯淡！

四十、如果你有買書的習慣，難免會買到些不是很滿意的書。沒關係，別在意，擱洗手間裡，坐馬桶的時候隨便翻翻就是了。畢竟，買書本身已經是對自己的一種獎賞，你當然不必因為不巧碰到太一般的書，而從此不再獎賞自己了！

四十一、討厭一個人，要把他當一口痰一樣吐出去得了。千萬不要去恨他，恨上了，那這恨就像一口痰瘀在了自己的肺裡，傷身體！千萬別以為你身體很好能扛很久！

四十二、人類來自大自然，所以我們即使身處繁華，潛意識裡仍能感受到現代文明的負面壓迫——旅行，就是彌補現代城市生活缺憾的最好方式！要不我們怎麼都喜歡說「出去散散心」呢？

四十三、沒有人是一座孤島，幸福感來自內心的充實，也取決於你生存的環境。就算我們生存的環境糟糕到如同糞坑，我們身陷糞坑而無法逃離，至少，我們可以試著把你身邊力所能及的小小範圍填平，填成一個小小的花園，哪怕很小很小！

四十四、出門就快樂，上路就開心。普羅旺斯是這次行程的目的地，但是竟然沒有什麼自己的照片，原因是，在那麼舒服的環境下，我實在是懶得像以前那樣隨時背著照相機，到處一通亂拍。躺著戶外的沙發上，呼吸著當地特有的空氣，一手咖啡，一本書，時間就這樣舒坦地流走，可惜嗎？不可惜。

四十五、「我要快樂」這個說法不太科學，說出來也常不太管用。應該常常對自己說：「我可以快樂」。

四十六、如果你現在覺得自己和周圍的人不一樣，有點格格不入，那可能是個好兆頭！

四十七、人的差異通常在於八小時之外：每一個人的時間都是一樣的，沒有讀書習慣的人總以沒時間為藉口，而有讀書習慣的人視書為空氣和水一天也離不開！日積月累下來，一個如空殼一樣四處飄浮，活得越來越茫然；一個精神世界日益豐盈，不再浮躁，活得越來越踏實。

四十八、三百五十多年前，作為新場所的咖啡館迅速征服了倫敦，以至於硬幣便士在倫敦突然短缺起來，其中大部分都流入了咖啡館老闆的錢箱，老闆們被迫鑄造自己的代幣，顧客可以用大鈔票成把購買，每次喝咖啡時付上一枚！

四十九、有兩個What你問過自己嗎？——我到底是什麼？我到底要什麼？——很多人惰於思考，不認真審視和瞭解自己，結果常做些力不能及的事情；不瞭解自己，自然想要什麼也就糊里糊塗或者不太靠譜，如此一來，就會老是覺得自己在白忙活。年復一年，這個人就會一直活在糾結和渾噩之中，毫無幸福感！認識自己，就不會怨天尤人；目標清晰，才可能知足常樂！

五十、懷才和懷孕一樣，遲早會被看出來的，除非你非要在人治的體制內鬼混，在那裡，懷才並不那麼重要，心懷鬼胎地揣摩上意比較重要！

五十一、信還是不信與試探無關！所以，不要試探，一試探，必背叛！試探的結果往往不是開始信了，而是更加不信！

五十二、當你願意為一個人付出的時候，更幸福的是你！施之者比受之者有福！

五十三、如果連讀一本書的耐心都沒有了，怎麼能讀懂一個人呢！

五十四、愛是一個持續欣賞他的過程，如果你想改造他，不如放棄他！

五十五、不要逼你的男人戒煙，凡是順其自然比較好！因為，他若是為你戒了煙，那不一定代表你牛逼威力大，只怕他還會為了別的什麼戒掉你！

五十六、你當沒當真，認不認真，無所謂！反正我當真了，而且很認真，這就夠了！沒有你的出現，我到哪兒去找這認真的幸福感覺呢？——送給情人節鬱悶或者糾結的人們！

五十七、if……what……是個很有效的公式！每當你看到你所羨慕的成功案例時，有沒有認真想想，他們已經耕耘了多少年，做過些什麼，付出過什麼！馬上使用if—what吧，if你想若干年後你也能如何如何，現在你就應該開始：what做些什麼！

五十八、小的，是美好的；快樂，也是利潤。

五十九、做自己，在我們這個社會看起來是件很難的事情，可是一旦你只會做自己，那一定是一種幸福。

六十、讓他們老謀深算，我就頭腦簡單；讓他們蠅營狗苟，我就聽從內心；讓他們急功近利，我就腳踏實地；讓他們言不由衷，我就坦誠直率；讓他們瞻前顧後，我就言出必行；讓他們懷疑一切，我就堅信本真；讓他們貪得無饜，我就懶散知足；讓他們升官發財，我，就想開間小小咖啡館！

餘波未了

CHAPTER

40

第四十章 王小波語錄精選

十年前，我的第一間參差咖啡館一開始沒有請人，自己守著咖啡館，生意不好的時候我也閒不住，除了看書，我還把我喜歡的王小波的話整理出來，抄在小便簽上，一句話一張，一張張編好號碼，貼到咖啡館門外的玻璃牆上，陸陸續續整理了一百多條，一字排開，有點小壯觀。咖啡館門口的小黑板上註明了，喜歡可以拿走。每天打烊的時候出門檢查，都會有些紙條被客人拿走，於是就記下編號，第二天不忙的時候按編號再抄寫出來貼出去。

又過了十年，大陸很多年輕人都已經不知道王小波是誰了，臺灣恐怕知道他的人就更少了，讀過他書的人應該就更寥寥無幾了，所以，我故技重演，把原來整理的我稱之為「小波語錄」在這裡再貼一遍，希望大家喜歡他的睿智和幽默。刻意把每一條「小波語錄」的文章出處都隱去，背後有不良的居心，那就是，要想找到出處，有可能的話，把小波留世不多的每一本書都找來看看吧，如果在臺灣買不到，可以到「餘波未了」咖啡館去坐坐，那裡有王小波的全部作品，而且每一部作品我都準備了好多本，你要是喜歡，可以選擇「餘波未了」咖啡館的特別套餐，一杯咖啡加一本王小波的書，三百五十元臺幣，因為我們沒有經營書籍的資格，所以記住，小波的書是贈品哦。對了，地址是：臺北市羅斯福路三段一二八巷九號一樓。呵呵。

小波語錄：

一、人的一切痛苦，本質上都是對自己的無能的憤怒。——王小波

二、我把我整個靈魂都給你，連同它的怪癖，耍小脾氣，忽明忽暗，一千八百種壞毛病。它真討厭，只有一點好，愛你。——王小波

三、我選擇沉默的主要原因之一：從話語中，你很少能學到人性，從沉默中卻能。假如還想學得更多，那就要繼續一聲不吭。——王小波

四、你可以說我賤，但你不能說我的愛賤。——王小波

五、我的勇氣和你的勇氣加起來，對付這個世界總夠了吧？去向世界發出我們的聲音，我一個人是不敢的，有了你，我就敢。——王小波

六、什麼樣的靈魂就要什麼樣的養料，越悲愴的時候我越想嬉皮。——王小波

七、忽然之間心底湧起強烈的渴望，前所未有：我要愛，要生活，把眼前的一世當作

一百世一樣。這裡的道理很明白：我思故我在，既然我存在，就不能裝作不存在。無論如何，我要為自己負起責任。——王小波

八、只希望你和我好，互不猜忌，也互不稱譽，安如平日，你和我說話像對自己說話一樣，我和你說話也像對自己說話一樣。說吧，和我好嗎？——王小波

九、深思熟慮的結果往往就是說不清楚。——王小波

十、在我周圍，像我這種性格的人特多——在公眾場合什麼都不說，到了私下裡卻妙語連珠，換言之，對信得過的人什麼都說，對信不過的人什麼都不說。保持沉默是怯懦的。——王小波

十一、一個人只有今生今世是不夠的，他還應當有詩意的世界。——王小波

十二、你是非常可愛的人，真應該遇到最好的人，我也真希望我就是。——王小波

十三、不管我本人多麼平庸，我總覺得對你的愛很美。——王小波

十四、不相信世界就是這樣，在明知道有的時候必須低頭，有的人必將失去，有的東西命中註定不能長久的時候，依然要說，在第一千個選擇之外，還有第一千零一個可能，有一扇窗等著我打開，然後有光透進來。——王小波

十五、活下去的訣竅是：保持愚蠢，又不能知道自己有多蠢。——王小波

十六、如果我會發光，就不必害怕黑暗。如果我自己是那麼美好，那麼一切恐懼就可以煙消雲散。於是我開始存下了一點希望——如果我能做到，那麼我就戰勝了寂寞的命運。——王小波

十七、雖然歲月如流，什麼都會過去，但總有些東西，發生了就不能抹殺。——王小波

十八、你要是願意，我就永遠愛你 你要是不願意，我就永遠相思。——王小波

十九、人在年輕時，最頭疼的一件事就是決定自己這一生要做什麼。——王小波

二十、一個人倘若需要從思想中得到快樂，那麼他的第一個欲望就是學習。——王小波

二十一、似水流年是一個人所有的一切，只有這個東西，才真正歸你所有。其餘的一切，都是片刻的歡娛和不幸，轉眼間就已跑到那似水流年裡去了。我所認識的人，都不珍視自己的似水流年。他們甚至不知道，自己還有這麼一件東西，所以一個個像丟了魂一樣。——王小波

二十二、每個人的賤都是天生的，永遠不可改變。你越想掩飾自己的賤，就會更賤。唯一的逃脫辦法就是承認自己的賤並設法喜歡這一點。——王小波

二十三、一個人想像自己不懂得的事很容易浪漫。——王小波

二十四、真實就是無法醒來。不管怎麼哭喊怎麼大鬧，就是無法從那樣的夢中清醒過

來，這就是現實。——王小波

二十五、一切都在不可避免的走向庸俗。——王小波

二十六、我不要孤獨，孤獨是醜的、令人作嘔的、灰色的、我要和你相通、共存、還有你的溫暖、都是迷人的啊！可惜我不漂亮。——王小波

二十七、絕望是無限的美好。——王小波

二十八、假如你真正愛過書的話，你就會明白，一本在你手中待過很長時間的好書就像一張熟悉的面孔一樣，永遠也不會忘記。——王小波

二十九、咱們應當在一起，否則就太傷天害理啦。——王小波

三十、我時常回到童年，用一片童心來思考問題，很多煩惱的問題就變得易解。——王小波王小波

三十一、告訴你，一想到你，我這張醜臉上就泛起微笑。還有在我安靜的時候，你就從我內心深處浮現，就好像阿芙羅蒂從浪花裡浮現一樣。——王小波

三十二、所有無聊的事情都會衍生出很多細節讓你覺得它複雜而有趣，投入其中而渾然不知其無聊的本質。——王小波

三十三、你生了氣就哭，我一看見你哭就目瞪口呆，就像一個小孩子做了壞事在未受

責備之前目瞪口呆一樣，所以什麼事你先別哭，先來責備我，好嗎？——王小波

三十四、別怕美好的一切消失，咱們先來讓它存在。——王小波

三十五、趨利避害是人類的共性，可大家都追求這樣一個過程，最終就會擠在低處，像蛆一樣熙熙攘攘……。——王小波

三十六、很不幸的是，任何一種負面的生活都能產生很多亂七八糟的細節，使它變得有趣的；人就在這種有趣中沉淪下去，從根本上忘記了這種生活需要改進。——王小波

三十七、我很討厭我自己不溫不涼的思慮過度，也許我是個壞人，不過我只要你吻我一下就會變好呢。——王小波

三十八、你好！作夢也想不到我把信寫到五線譜上吧？五線譜是偶然來的，你也是偶然來的。不過我給你的信值得寫在五線譜裡呢！但願我和你，是一支唱不完的歌。——王小波

三十九、有時候你難過了，這時候我更愛你。只要你不拒絕我就擁抱你，我會告訴你這是因為什麼。就是我不知是為了什麼。——王小波

四十、人在年輕的時候，覺得到處都是人，別人的事就是你的事，到了中年以後，才覺得世界上除了家人已經一無所有了。——王小波

四十一、我現在不壞了，我有了良心。我的良心就是你。——王小波

四十二、一個人快樂或悲傷，只要不是裝出來的，就必有其道理。你可以去分享他的快樂，同情他的悲傷，卻不可以命令他怎樣怎樣，因為這是違背人類的天性的。——王小波

四十三、我和你就像兩個小孩子，圍著一個神秘的果醬罐，一點一點地嘗它，看看裡面有多少甜。——王小波

四十四、我贊成羅素先生的一句話：「須知參差多態，乃是幸福的本源。」大多數的參差多態都是敏於思索的人創造出來的。——王小波

四十五、學習文史知識目的在於「溫故」，有文史修養的人生活在從過去到現代一個漫長的時間段裡。學習科學知識目的在於「知新」，有科學知識的人可以預見將來，他生活在從現在到廣闊無垠的未來。假如你什麼都不學習，那就只能生活在現時現世的一個小圈子裡，狹窄得很。——王小波

四十六、什麼排山倒海的力量也止不住兩個相愛過的人的互助。我覺得我愛了你了，從此以後，不管什麼時候我都不能對你無動於衷。——王小波

四十七、當一切開始以後，這個世界上再也沒有什麼讓我害怕的事情了。——王小波

四十八、這世界上有些事就是為了讓你幹了以後後悔而設，所以你不管幹了什麼事，

都不要後悔。——王小波

四十九、人和人是不平等的，其中最重要的，是人與人有知識的差異。——王小波

五十、我們的生活有這麼多的障礙，真他媽的有意思，這種邏輯就叫做黑色幽默。——王小波

五十一、在古希臘，人最大的罪惡是在戰爭中砍倒橄欖樹。在現代，知識份子最大的罪惡是建造關押自己的思想監獄。砍倒橄欖樹是滅絕大地的豐饒，營造意識形態則是滅絕思想的豐饒；我覺得後一種罪過更大——沒了橄欖油，頂多不吃沙拉；沒有思想人就要死了。——王小波

五十二、什麼都不是愛的對手，除了愛。——王小波

五十三、口沫飛濺，對別人大做價值評判，層次很低。——王小波

五十四、只有那些知道自己智慧一文不值的人，才是最有智慧的人。——王小波

五十五、我愛你愛到不自私的地步。就像一個人手裡一隻鴿子飛走了，他從心裡祝福那鴿子的飛翔。——王小波

五十六、無憂無慮地去抒情，去歌舞狂歡，去向世界發出我們的聲音，我一個人是不敢的，我怕人家說我瘋，有了你我就敢，只要有你一個，就不孤獨！——王小波

五十七、不管是同性戀，還是異性戀，對愛情的忠貞不渝總是讓人敬重。——王小波

五十八、身為一個中國人，最大的痛苦是忍受別人「推己及人」的次數，比世界上任何地方的人都要多。——王小波

五十九、我認為低智、偏執、思想貧乏是最大的邪惡。按這個標準，別人說我最善良，就是我最邪惡時；別人說我最邪惡，就是我最善良時。——王小波

六十、心胸是我在生活中想要達到的最低目標。某件事有悖於我的心胸，我就認為它不值得一做；某個人有悖於我的心胸，我就覺得他不值得一交；某種生活有悖於我的心胸，我就會以為它不值得一過。——王小波

六十一、恕我直言，能夠帶來思想快樂的東西，只能是人類智慧至高的產物。比這再低一檔的東西，只會給人帶來痛苦；而這種低檔貨，就是出於功利的種種想法。——王小波

六十二、祝你今天愉快，你明天的愉快留著我明天再祝。——王小波

六十三、我老覺得愛情奇怪，它是一種宿命的東西。對我來說，它的內容就是「碰上了，然後就愛上，然後一點辦法也沒有了。」——王小波

六十四、我的靈魂裡是有很多地方玩世不恭，對人傲慢無禮，但是它是有一個核心

的，這個核心害怕黑暗，柔弱得像是綿羊一樣。只有頂平等的友愛才能使他得到安慰。你對我是屬於這個核心的。——王小波

六十五、不過我認為你愛我和我愛你一邊深，不然我的深從哪兒來呢？——王小波

六十六、人活在世界上，快樂和痛苦本就分不清。所以我只求它貨真價實。——王小波

六十七、革命的意思就是說，有些人莫名其妙地就會成了犧牲品。——王小波

六十八、人活著總要有個主題，使你魂夢繫之。——王小波

六十九、活在世上，不必什麼都知道，只知道最好的就夠了。——王小波

七十、一個喧囂的話語圈下面，始終有一個沉默的大多數。既然精神原子彈在一顆又一顆地炸著，哪裡有我們說話的份？但我輩現在開始說話，以前說過的一切和我們都無關係——總而言之，是個一刀兩斷的意思。千里之行，始於足下，中國要有自由派，就從我輩開始。——王小波

七十一、智慧永遠指向虛無之境，從虛無中生出知識和美。——王小波

七十二、知識份子最怕活在不理智的年代。知識份子的長處只是會以理服人，假如不講理，他就沒有長處，只有短處，活著沒意思，不如死掉。——王小波

七十三、質樸的人們假如能把自己理解不了的事情看做是與己無關的事，那就好了。——王小波

七十四、有些人生活的樂趣就是發掘別人道德上的「毛病」，然後盼著人家倒楣。——王小波

七十五、我總以為，有過雨果的博愛，蕭伯納的智慧，羅曼•羅蘭又把什麼是美說得那麼清楚，人無論如何也不該再是愚昧的了。——王小波

七十六、話語教給我們很多，但善惡還是可以自明。話語想要教給我們，人與人生來就不平等。在人間，尊卑有序是永恆的真理，但你也可以不聽。——王小波

七十七、愛到深處這麼美好。真不想任何人來管我們。誰也管不著，和誰都無關。告訴你，一想到你，我這張醜臉上就泛起微笑……——王小波

七十八、你知道什麼是天才的訣竅嗎？那就是永遠只做一件事。——王小波

七十九、竟敢說自己清白無辜，這本身就是最大的罪孽。照我的看法，每個人的本性都是好吃懶做，好色貪淫，假如你克勤克儉，守身如玉，這就犯了矯飾之罪，比好吃懶做好色貪淫更可惡。——王小波

八十、智慧本身就是好的。有一天我們都會死去，追求智慧的道路還會有人在走著。

死掉以後的事我看不到，但在我活著的時候，想到這件事，心裡就很高興。——王小波

八十一、我向來不怕得罪朋友，因為既是朋友，就不怕得罪，不能得罪的就不是朋友，這是我的一貫作風。由這一點你也可猜出，我的朋友為什麼這麼少。——王小波

八十二、別人的痛苦才是藝術的源泉。而你去受苦，只會成為別人的藝術源泉。——王小波

八十三、在生活的其他方面，某種程度的單調、機械是必須忍受的，但是思想決不能包括在內。胡思亂想並不有趣，有趣的是有道理而且新奇。在我們生活的這個世界上，最大的不幸就是有些人完全拒絕新奇。——王小波

八十四、好的文字有著水晶般的光輝，彷彿來自星星，雖然我會死，可一想到死後，這條追尋智慧的路還有人在走，心裡就很高興。——王小波

八十五、請你不要不要吃我，我給你唱一支好聽的歌。——王小波

八十六、思索是人類的前途所繫，故此，思索的人，超越了現世的人類。——王小波

八十七、這世界上好的東西豈只是不多，簡直是沒有。所以不管它是什麼，我都情願為之犧牲性命。——王小波

八十八、事實上有很多這樣的人：他們「明辨是非」的能力卻成了接觸世界與瞭解世

界的障礙，結果是終生停留在只會「明辨是非」的水準上。——王小波

八十九、夢想雖不見得都是偉大事業的起點，但每種偉大的事業必定源於一種夢想——我對這件事很有把握。——王小波

九十、人的成就、過失、美德和陋習，都不該用他的特殊來解釋。You are special，這句話只適合於對愛人講。假如不是這麼用，也很肉麻。——王小波

九十一、永不妥協就是拒絕命運的安排，直到它回心轉意，拿出我能接受的東西來。——王小波

九十二、我認為，一個人在胸中抹煞可信和不可信的界限，多是因為生活中巨大的壓力。走投無路的人就容易迷信，而且是什麼都信。——王小波

九十三、人家有幾樣好東西，活的好一點，心情也好一點，這就是輕狂。非得把這些好東西毀了，讓人家沉痛，這就是不輕狂。——王小波

九十四、真理直率無比，堅硬無比，但凡有一點柔順，也算不了真理。——王小波

九十五、我個人認為，一個社會的道德水準取決於兩個方面，一是價值取向，二是在這些取向上取得的成就。很顯然，第一個方面是根本。倘若取向都變了，成就也就說不上，而且還會適得其反。——王小波

九十六、在黑鐵公寓裡，尊敬就是最大的虛偽，虛偽就是最大的輕蔑。——王小波

九十七、假如我被大奸大惡之徒所騙，心理還能平衡，而被善良的低智人所騙，我就不能原諒自己。——王小波

九十八、對於這世界上的各種信仰，我並無偏見，對堅定信仰的人我還很佩服，但我不得不指出，狂信會導致偏執和不理智。——王小波

九十九、她簡直又累贅，又討厭，十分可恨。但是後來我很愛她。這說明可恨和可愛原本就分不清。——王小波

一〇〇、真正的成就是自己爭取來的，而不是分配的東西。——王小波

一〇一、信心這個東西，什麼時候都像個高樓大廈，但是裡面卻會長白蟻。——王小波

一〇二、假設有一個領域，謙虛的人、明理的人以為它太困難、太曖昧，不肯說話，那麼開口說話的就必然是淺薄之徒、狂妄之輩。這導致一種負篩選：越是傻子越敢叫喚。——王小波

一〇三、在我們這個國家裡，傻有時能成為一種威懾。假如鄉下一位農婦養了五個傻兒子，既不會講理，又不懂王法，就會和人打架，這家人就能得點便宜。聰明人也能看到這種便宜，而且裝傻誰不會呢——所以裝傻就成為一種風氣。——王小波

一〇四、我決不為了儀式愛你，我是正經愛你呢。我一正經起來，就覺得自己不壞，生活也不壞。真的，也許不壞？我覺得信心就在這裡。——王小波

一〇五、我的勇氣和你的勇氣加起來，對付這個世界足夠了吧！——王小波

一〇六、一個人活在這世界上第一要好好做人；第二不要慣壞了別人的壞毛病。——王小波

一〇七、然而，你勸一位自以為已經明辨是非的人發展智力，增廣見識，他總會覺得你讓他捨近求遠，不僅不肯，還會心生怨恨。——王小波

一〇八、人生是一條寂寞的路，要有一本有趣的書來消磨旅途。——王小波

一〇九、假設我相信上帝，並且正在為善惡不分而煩惱，我會請求上帝讓我聰明到足以明辨是非的程度，而絕不會請他讓我愚蠢到讓人家給我灌輸善惡標準的程度。——王小波

一一〇、假如人生活在一種不能抗拒的痛苦中，就會把這種痛苦看作幸福。假如你是一隻豬，生活在暗無天日的豬圈裡，就會把在吃豬食看作極大的幸福，因此忘掉早晚要挨一刀。所以豬的記性是被逼成這樣子的，不能說是天生的不好。——王小波

一一一、這輩子我幹什麼都可以，就是不能做一個一無所能，就能明辨是非的人。

——王小波

一一二、我認為失戀就像出麻疹，如果你不失上幾次，就不會有免疫力。——王小波

一一三、一般來說，扼殺有趣的人總是這麼說的：為了營造至善，我們必須做出這種犧牲，但卻忘記了讓人們活著得到樂趣，這本身就是善；因為這點小小的疏忽，至善就變成了至惡……——王小波

一一四、眾所周知，人可以令驢和馬交配，這是違背這兩種動物的天性的，結果生出騾子來，但騾子沒有生殖力，這說明違背天性的事不能長久。——王小波

一一五、在我周圍有一種熱乎乎的氣氛，像桑拿浴室一樣，彷彿每個人都在關心別人，我知道絕不能拿這種氣氛當真，他們這樣關心別人，是因為無事可幹。——王小波

一一六、沒有人的反抗，城市只是水泥林場。——王小波

一一七、在中國，歷史以三十年為極限，我們不可能知道三十年以前的事。——王小波

一一八、生活是天籟，需要靜神聆聽。——王小波

一一九、對於現代科技來說，資金設備等等固然重要，但天才的思想依然是最主要的動力。一種發現或發明可以賺到很多錢，但有了錢也未必能造出所要的發明。思索是一道

大門，通向現世上沒有的東西，通到現在人類想不到的地方。——王小波

一二〇、我常聽人說：這世界上哪有那麼多有趣的事情。人對現實世界有這種評價、這種感慨，恐怕不能說是錯誤的。問題就在於應該做點什麼。這句感慨是個四通八達的路口，所有的人都到達過這個地方，然後在此分手。有些人去開創有趣的事業，有些人去開創無趣的事業。前者以為，既然有趣的事不多，我們才要做有趣的事。後者經過這一番感慨，就自以為知道了天命，然後板起臉來對別人進行說教。——王小波

一二一、只能說：假如我今天死掉，恐怕就不能像維根斯坦一樣說道：我度過了美好的一生；也不能像司湯達一樣說：活過、愛過、寫過。我很怕落到什麼都說不出的結果，所以正在努力工作。——王小波

一二二、我對自己的要求很低：我活在世上，無非想要明白些道理，遇見些有趣的事。倘能如我所願，我的一生就算成功。——王小波

一二三、儒學沒有憑藉神的名義，更沒有用天堂和地獄來嚇唬人。但它也編造了一個神話，就是假如你把它排除在外，任何人都無法統治，天下就會亂作一團，什麼秩序、倫理、道德都不會有。這個神話唬住了一代又一代的中國人，直到現在還有人相信。——王小波

一二四、古人曾說：天不生仲尼，萬古長如夜。但是我有相反的想法。假設歷史上曾

有一位大智者，一下子發現了一切新奇、一切有趣，發現了終極真理，根絕了一切發現的可能性，我就情願到該智者以前的年代去生活。——王小波

一二五、與說話相比，思想更加遼闊飽滿。——王小波

一二六、我認為理智是倫理的第一準則，理由是：它是一切知識份子的生命線。——王小波

一二七、我看到一個無智的世界，但是智慧在混沌中存在；我看到一個無性的世界，但是性愛在混沌中存在；我看到一個無趣的世界，可是有趣在混沌中存在。我要做的就是把這些講出來。——王小波

一二八、真正的幸福就是讓人在社會的法理、公德約束下，自覺自願的去生活；需要什麼，就去爭取什麼；需要滿足之後，就讓大家都得會兒消停。——王小波

一二九、並不是說只有達到了目的才叫幸福，自己的著力才有價值，而是說因為有了這樣一種希求，自己的著力才感到幸福。——王小波

一三〇、照他看來，寫書應該能教育人民，提升人的靈魂。這真是金玉良言。但是在這世界上的一切人之中，我最希望予以提升的一個，就是我自己。這話很卑鄙，很自私，也很誠實。假如一個社會的宗旨就是反對有趣，那它比寒冰地獄又有不如。——王小波

一三一、沒有智慧、性愛而且沒意思的生活不足取，但有些人卻認為這樣的生活就是一切。他們還說，假如有什麼需要熱愛，那就是這種生活裡面的規矩。這種生活態度，簡直是怪癖。吃苦、犧牲，我認為它是負面的事件。吃苦必須有收益，犧牲必須有代價，這些都屬一加一等於二的範疇。——王小波

一三二、有些人認為，人應該充滿境界高尚的思想，去掉格調低下的思想。這種說法聽上去美妙，卻使我感到莫大的恐慌。因為高尚的思想和低下的思想的總和就是我自己；倘若去掉一部分，我是誰就成了問題。——王小波

一三三、在一切價值判斷之中，最壞的一種是：想得太多、太深奧、超過了某些人的理解程度是一種罪惡。我們在體驗思想的快樂時，並沒有傷害到任何人；不幸的是，總有人覺得自己受了傷害。誠然，這種快樂不是每一個人都能體驗到的，但我們不該對此負責任。我看不出有什麼理由要取消這種快樂，除非把卑鄙的嫉妒計算在內——這世界上有人喜歡豐富，有人喜歡單純；我未見過喜歡豐富的人妒恨、傷害喜歡單純的人，我見到的情形總是相反。——王小波

一三四、假如有某君思想高尚，我是十分敬佩的；可是如果你因此想把我的腦子挖出來扔掉，換上他的，我絕不肯，除非你能夠證明我罪大惡極，死有餘辜。人既然活著，就

有權保證他思想的連續性，到死方休。更何況那些高尚和低下完全是以他們自己的立場來度量的，假如我全盤接受，無異於請那些善良的思想母雞到我腦子裡下蛋，而我總不肯相信，自己的脖子上方，原來長了一座雞窩。——王小波

一三五、知識雖然可以帶來幸福，但假如把它壓縮成藥丸子灌下去，就喪失了樂趣。——王小波

一三六、人有無尊嚴，有一個簡單的判據，是看他被當作一個人還是一個東西來對待。這件事情有點兩重性，其一是別人把你當做人還是東西，是你尊嚴之所在。其二是你把自己看成人還是東西，也是你的尊嚴所在。中華禮儀之邦，一切尊嚴，都從整體和人與人的關係上定義，就是沒有個人的位置。——王小波

一三七、總而言之，幹什麼都是好的，但要幹出個樣子來，這才是人的價值和尊嚴所在。人在工作時，不單要用到手、腿和腰，還要用腦子和自己的心胸。——王小波

一三八、一味的勇猛精進，不見得就有造就；相反，在平淡中冷靜思索，倒更能解決問題。尊嚴不但指人受到尊重，它還是人的價值之所在。——王小波

一三九、青年的動人之處，就在於勇氣，和他們的遠大前程。——王小波

一四〇、所謂文學，在我看來就是：先把文章寫好看了再說，別的就管他媽的。——

王小波

一四一、要努力去做事，拼命的想問題，這才是自己的救星。——王小波

一四二、處於不同文化中的人可以互相瞭解，這就需要對各種文化給予不帶偏見的完整說法。——王小波

一四三、真正有出息的人是對名人感興趣的東西感興趣，並且在那上面做出成就，而不是僅僅對名人感興趣。——王小波

一四四、所謂偉大的事業，就是要讓自己的夢想成真。——王小波

一四五、一個女孩子來到人世間，應該像男孩子一樣，有權利尋求她所要的一切。假如她所得到的正是她所要的，那就是最好的。——王小波

一四六、無論是個人，還是民族，做聰明人才有前途，當笨蛋肯定是要倒楣。——王小波

一四七、科學的美好，還在於它是種自由的事業。參與自由的事業，像做自由的人一樣，令人神往。——王小波

一四八、人經不起恭維。越是天真、樸實的人，聽到一種於己有利的說法，證明自己身上有種種優越的素質，是人類中最優越的部分，就越會不知東西南北，撒起癔症來。我

猜越是生活了無趣味，又看不到希望的人，就越會豎起耳朵來聽這種於己有利的說法。——王小波

一四九、人活在世界上，需要這樣的經歷：做成了一件事，又做成了一件事，逐漸地對自己要做的事有了把握。——王小波

一五〇、不管社會怎樣，個人要為自己的行為負責。——王小波

一五一、古往今來的中國人總在權勢面前屈膝，毀掉了自己的尊嚴，也毀掉了自己的聰明才智。個人的體面與尊嚴、平等、自由等等概念，中國的傳統文化裡是沒有的。——王小波

一五二、假如人生活在一種無力改變的痛苦之中，就會轉而愛上這種痛苦，把它視為一種快樂，以便使自己好過一些。——王小波

一五三、蠱惑宣傳雖是少數狂熱分子的事業，但它能夠得逞，卻是因為正派人士的寬容。——王小波

一五四、不但對權勢的愛好可以使人誤入歧途，服從權勢的欲望也可以使人誤入歧途。——王小波

一五五、人該是自己生活的主宰，不是別人手裡的行貨。——王小波

一五六、我認為，把智慧的範圍限定在某個小圈子裡，換言之，限定在一時、一地、一些人、一種文化傳統這樣一種界限之內是不對的；因為假如智慧是為了產生，生產或發現現在沒有的東西，那麼前述的界限就不應當存在。——王小波

一五七、假設我們說話要守信義，辦事情要有始有終，健全的理性實在是必不可少。——王小波

一五八、不斷地學習和追求，這可是人生在世最有趣的事啊，要把這件趣事從生活中去掉，倒不如把我給閹了。——王小波

一五九、人活在世上，自會形成信念。對我本人來說，學習自然科學，閱讀文學作品，看人文科學的書籍，乃至旅行，戀愛，無不有助於形成我的信念，構造我的價值觀。——王小波

一六〇、假設善惡是可以判斷的，那麼明辨是非的前提就是發展智力，增廣見識。——王小波

一六一、我自己當然希望變得更善良，但這種善良應該是我變得更聰明造成的，而不是相反。——王小波

一六二、假如這世上沒有有趣的事我情願不活。有趣是一個開放的空間，一直伸往未

知的領域，無趣是個封閉的空間，其中的一切我們全都耳熟能詳。——王小波

一六三、我覺得愛情裡有無限多的喜悅，它使人在生命的道路上步伐堅定。——王小波

一六四、肉麻的東西無論如何也不應該被讚美了。人們沒有一點深沉的智慧無論如何也不成了。我呀，堅信每一個人看到的世界都不該是眼前的世界。眼前的世界無非是些吃喝拉撒睡，難道這就夠了嗎？還有，我看見有人在製造一些污辱人們智慧的粗糙的東西就憤怒，看見人們在鼓吹動物性的狂歡就要發狂。——王小波

一六五、今天我想，我應該愛別人，不然我就毀了。——王小波

一六六、對一位知識份子來說，成為思維的菁英，比成為道德菁英更為重要。——王小波

餘波未了

後記

常識與共識

卡勒德・胡塞尼在《追風箏的孩子》的序言裡說，他的寫作主要是為自己。為自己寫點東西，真愜意，坦誠而美好的，把所感寫下來，以為現在的反芻、將來的反思。這也是我此刻的心情，回想當年寫第一本書《就想開間小小咖啡館》的時候，心境都沒有今天這樣平靜。即便第一本書莫名其妙在大陸賣出了近四十萬冊，我從來也不敢以作家自詡，之所以要寫這本書，就是想在小波離世二十年之際一定要做點什麼。

在給李銀河的一封信中，王小波這樣寫道：「我從童年繼承下來的東西只有一件，就是對平庸生活的狂怒，一種不甘落寞的決心。小時候我簡直狂妄，看到庸俗的一切，我把它默默地記下來，化成了沸騰的憤怒。不管誰把肉麻當有趣，當時我都要氣得要命，心說，這是多麼渺小的行為！我將來要從你們頭上飛騰過去。」看到這一段的時候，我的心跳加速。小波還寫到：「我越來越認為，平庸的生活，為社會扮演角色，把人都榨乾了……既然你要做的一切都是別人做過一萬次的，那麼這件事還不令人作嘔嗎？比方說你我都是二十六歲的男女，按照社會的需要二十六歲的男女應當如何如何，於是我們照此去做，一絲不苟。那我們做人又有什麼趣味？好像舔一只幾千萬人舔過的盤子，想想都令人作嘔。」

就是這些話語當年如同當頭棒喝讓我如夢初醒。我今天能夠自認為清醒地活著，還津津有味，怎麼感謝王小波都不為過。其實，非要自不量力地寫《餘波未了》，何嘗不是在一邊寫，一邊提醒自己，有趣的生活不是唾手可得，需要尋找和創造，不能停。當然，這本書如果得以在臺灣出版，讓更多人知道，在那樣一個慘烈的、荒唐的時代、竟然也曾經出現過這麼一個能夠獨立思考的、理性的、睿智而有趣的人，還擁有眾多的追隨者，多少對人這種動物可以增添一點信心吧，不論是哪裡人、什麼人。果真如此，就再好不過了。

我知道自己的斤兩，強調寫這本書只為自己紀念和反思，即是真實的心情，實在也是害怕水準有限，因誤讀或表達上打了折扣而辱沒了王小波。但有一件事我十分肯定，小波之於我的最大意義是幫助我找到了一條通往常識之路。我一直認為，中國是一個常識稀缺的國度，怎麼造成的沒法在此贅述，但誠如詩人海子說的：「該得到的尚未得到，該喪失的早已喪失」，我深知常識的重要性，對我個人，對社會，對人類都是。不同背景，不同文化，不同地域的人們只有在眾多常識上達成共識才有可能相互包容，和諧共處。每一個人生命之中都應該有一個「王小波」，從他開始，通過不斷地閱讀、旅行和思考，殊途同歸到自然和理性的常態。

目睹當今世界，紛爭依然無處不在，尤其是互聯網的便利讓表達越來越情緒化，各式各樣的分歧顯得更加難以調和。每當憂心忡忡的時候，我就想起了王小波，想起了因小波之後，我知道的這世界上曾經出現過的歐威爾、羅素、卡爾維諾、哈威爾、哈耶克、尤瑟納爾、莒哈絲、蕭伯納、維根斯坦、米蘭昆德拉、瑪律克斯、瑪律庫塞、布羅代爾、湯瑪斯潘恩……不勝枚舉。既然人類能夠孕育出他們，幫助這個世界一次次從令人絕望而危險的邊緣回到正軌，那麼現在，顯然不是人類最黑暗的時代，我們沒有理由缺乏信心。

最後，引用湯瑪斯潘恩在其《常識》序言裡的一句話：「眼下北美大陸的事業在很大程度上是全人類的事業。諸多已發生或將會發生的狀況不僅局限於北美，而是具普世性的；這些狀況牽涉到所有熱愛人類之士秉持的原則，他們正熱切的關注著這一偉大的事業。」一歷史學家普遍承認，兩百多年前，只有華盛頓而沒有湯瑪斯潘恩，準確地說沒有湯瑪斯潘恩的這本小冊子《常識》，就不可能有美國獨立戰爭的勝利乃至美國的建立。而我最後引用這段話的意思是想表達，任何一個人，一本書，只要是有助於人的理性思考，都是關乎全人類的事業。我深受王小波的影響，活得還像個人樣，現在也在幫助一些年輕人靠雙手過上獨立、自由的小日子，算是用自己的方式或多或少也在影響一些人，如果小波還在，知道我正在做的事情，一定會很高興。

王小波雖然離世二十年了，但是「餘波未了」，也不能了。

二〇一七年二月十二日於大理

多态

餘波未了 / 王森著. — 初版. — 臺北市 :
華品文創, 2017.05 248面 ; 14.8x21公分

ISBN 978-986-94738-0-4 (平裝)

855 106006003

華品文創出版股份有限公司
Chinese Creation Publishing Co.,Ltd.

《餘波未了》

作　　者：王　森
總 經 理：王承惠
總 編 輯：陳秋玲
財 務 長：江美慧
印務統籌：張傳財
美術設計：vision 視覺藝術工作室
出 版 者：華品文創出版股份有限公司
地址：100台北市中正區重慶南路一段57號13樓之1
讀者服務專線：(02)2331-7103或(02)2331-8030
讀者服務傳真：(02)2331-6735
E-mail：service.ccpc@msa.hinet.net
部落格：http://blog.udn.com/CCPC
總 經 銷：大和書報圖書股份有限公司
地址：242新北市新莊區五工五路2號
電話：(02)8990-2588
傳真：(02)2299-7900
印　　刷：卡樂彩色製版印刷有限公司
初版一刷：2017年5月
定　　價：平裝新台幣280元
ISBN：978-986-94738-0-4